若さま同心　徳川竜之助【三】

空飛ぶ岩

風野真知雄

JN019154

双葉文庫

目次

空飛ぶ岩

若さま同心　徳川竜之助

序　章　雪の里から

「飽きもせず、よく降るものじゃな」

住職の沢善《たくぜん》は、訪ねてきた柳生月照斎《やぎゅうげっしょうさい》を奥の間に案内しながら言った。この三日ほど、雪が熄《や》まないのである。不安を覚えるほどの雪の量になっていた。

沢善は七十は超えたはずだが、壮年のような身のこなしで綿入れもはおっていない。むしろ沢善より十歳は若い月照斎のほうが厚着で、上に着ていた袖なしの熊の毛皮を恥ずかしく思ったほどだった。

奥の間に入った。八畳ほどの広さである。冬にはふさわしくないほど、畳が青々としている。

ここは大きな火鉢いっぱいに炭が熾《お》きていて暖かい。

「さあさあ、ぬくもられよ」

「ありがとうございます」

月照斎は無理をせず、火鉢のわきに座ってかじかんだ手をあぶった。

沢善はまぶしいほど白い窓の障子をすこしだけ開けた。

階段の雪をはらっていた小坊主二人が、身体じゅうから湯気を上げながらもどってきたのが見えた。

大和国《やまとのくに》の柳生の里である。

柳生一族の菩提寺であるここ芳徳寺《ほうとくじ》からは、柳生の里のほぼ全域を眺めることができる。谷あいに長く伸びたこの里は、どこもかしこも眩《まぶ》しい白色に埋まっていた。

ふたたび障子を閉めた沢善に、

「二人は明日、発たせます」

と、月照斎が言った。

「そうか。行くか」

「ええ」

「ご当主は承知なされたのか？」

「いや、それはよいでしょう。なにせ、まだ年若ですし、当家の事情をよくご存じではありませんから」

この里で隠然たる力を持つ月照斎だが、柳生家の当主ではない。先々代の当主の弟である。

だが、柳生新陰流《しんかげりゅう》の実質的な総師と言える立場にあった。

「策については、まさ江《え》という女から聞いたよ」

と、沢善は言った。月照斎が先にまさ江のほうから伝えておくようにと命じておいたのである。

「ご意見をうかがおうと思いましてな」

「よく練られた策であることは間違いない」

「和尚にそう言っていただければ」

「贋《にせ》の母で心のほうから揺り動かす。人の心を知り尽くした新陰流の兵法じゃ」

「あ、和尚、それは違いますぞ」

「なにが」

「あれは贋の母ではございませぬ」

「なに」

沢善は目を剝《む》いた。

「あれが、本物の母なのです」

月照斎がそう言ったとき、この部屋の右手にある竹林で積もった雪が次々に落ち始めたらしい。重みでしなっていた竹がひゅうん、ひゅうんと唸り、どさっ、どさっと雪が落ちる音がつづいた。雪崩《なだれ》を思わせる重い音である。

これには思わず二人も耳を澄ました。

ひとしきり、雪が落ちるのを待って、

「どういうことだ？」

と、沢善は訊《き》いた。

「はっ、じつは……」

月照斎は、ますます声を低めた。

「そうなのか」

「はい」

「そうだったのか」

和尚もこれには驚いたようだった。

「承知したのか、女は？」

「口には出しませぬが、渋りました」

「それはそうじゃろう」

「だが、あれも柳生の女にございますから」

「うむ」

沢善はすこし考えこみ、それから悠然とした動きで茶を点《た》てた。

この禅寺を開いたのは、三代将軍家光《いえみつ》も帰依したというあの名僧沢庵《たくあん》である。

沢善の茶の道にも、沢庵の教えが残っているはずだった。

「それで、徳川竜之助《とくがわりゅうのすけ》の新陰流だがな」

月照斎の前に点てた茶を置いて、沢善は言った。

「はい。あの方は葵《あおい》新陰流と称しておられるようです」

「その葵新陰流の太刀筋はわかるのか」

「ええ。先に放った密偵が、肥後《ひご》新陰流との対決を垣間見ております。その者によると、構えたときに風の音がしたのだそうです」

「風の音？」

沢善は思わず、耳を澄ました。

柳生の里も風が鳴っていた。

雪を含んだ、湿り気を感じる風の音だった。

「それで思い当たることがありました。かつて、柳生の武芸書から一つ、秘剣が失われたことがあります」

と、月照斎は言った。

「ほう」

「それは数ある柳生の秘剣の中でも、一、二を争うほど難しいものとされていました」

「なんという剣なのだ？」

「風鳴《ふうめい》の剣」

「なるほど風が鳴るのか」

「どのような剣であったかはまったくわかりません。だが、武芸書のその前後の剣を見ればおぼろげには想像がついてまいりました」

「さすがだな」

「しかも、戦うのは、わが柳生の里に二百年ぶりに現れた逸材、柳生全九郎《ぜんくろう》です」

「十兵衛三厳《じゅうべえみつよし》以来だそうな」

「まぎれもなく」

「だが、あれには難しい性情があるというではないか……大丈夫なのか？」

沢善の顔が心配げなそれに変わった。

「そこはご心配なく。われら一族があの者を助けますゆえ」

「そうか。明日発って、江戸に着くころは年末だ。さぞ、騒がしかろうに」

「そうですな」

「だが、月照斎どの、その勝負でこの柳生の里になにがもたらされるのかな」

沢善はふと不安げな顔になって訊いた。

月照斎は苦笑した。

「もたらされる？　和尚、そのようなものはわれらは求めてはおりませぬ。われらが求めるのは、ひたすら新陰流の勝利者の喜びのみ」

　月照斎は、屋敷へともどった。当主の屋敷の裏手にあり、道場とは渡り廊下でつながっている。

　沢善の別れぎわの表情は気になった。不満なのだ。戦いによって、柳生がふたたび中央で地位を得る。ひいては寺の格も上がる。あの坊主もしょせんは俗物なのかと月照斎は思った。

　すぐに、明日、出立《しゅったつ》する柳生全九郎と、まさ江を呼んだ。

「まさ江。支度は終えたな」

「終えましてございます」

「こまかいことなどは、すべて手配してある。そなたたちは黙って、そこへおさまればよい。それよりも、肝心なのはそなたの覚悟だぞ。どうだ、覚悟は定まったか」

と、月照斎はまさ江を見つめた。

「はい」

まさ江は深くうなずいた。

と、そこへ——。

「ですが、月照斎さま。女という生きものは、当人を目の当たりにすれば、心が揺らぐこともあるのではないでしょうか」

隣にいた全九郎が口をはさんだ。

「ほう」

「いえ、わたしは心配しているのではございませぬ。たとえ、この人に迷いが生じたとしても、わたしの剣が揺らぐようなことはございませぬ」

「よくぞ、申した」

月照斎はうなずいたが、内心で、

——柳生の里は、なんと奇嬌《ききょう》な者を生み出したものか。

と、思った。

だが、奇嬌であるがゆえに、常人には達し得ないところまで行けるのかもしれないのである。十兵衛三厳もまた、人間としては偏頗《へんぱ》なものを持っていたのではないか。

伝え聞くに、徳川竜之助の剣というのは、素直でのびやかな剣であるという。ならば、それは常人の域ではないか。

おそらく怖れるに足りぬだろう。

「では、全九郎、最後にもう一度、稽古をつけよう」

「ありがとうございます」

二人は道場に出た。

道場の窓は開いていて、風が舞い、粉雪も入りこんできていた。

「最後の稽古じゃ。真剣でおこなおう」

「はい」

全九郎は顔色一つ変えずにうなずいた。

「そなた、本当に風鳴の剣を破ることはできるのだな」

「もちろんでございます」

「うむ」

「おや。お師匠さまは信じておられない」

「いや、油断はするなというのじゃ」

柳生全九郎は不満げな顔を見せ、抜き放った剣を胸に抱くようにした。

「月照斎さま。おそらく風鳴の剣はこうでございますよ」

構えた剣がかすかに鳴きはじめた。

真夜中、ふと目覚めたときに聞く、悲しげな風の音だった。遠い思い出をたどるときに、心が立てる音のようにも思えた。

「そなた、それを会得したのか」

「はい。そう難しいものではございませぬ。自分が会得できぬものを、破ることもできますまいし」

やはり、こやつは天才だと、月照斎は舌を巻いた。

わずかな手がかりだけで、新陰流の真髄へと近づいたのだ。

「試さなくともよろしいでしょう？　お師匠さま」

「いや、試そう」

そう言って、月照斎は無造作に接近した。このためらいのなさこそ、もっとも会得が困難な動きであり、達人のみが示す軽やかさでもあった。

近づきながら抜き放った剣を、無造作に、愚者を打ち据えるような調子で振り下ろした。しかし手加減はない。ここで敗れる者は、どこでも敗れるのだ。

月照斎の動きが全九郎より速く、

――まだ未熟だったか。

と、師として落胆した。

「たぁ」

「とぅ」

二人が交錯した。

月照斎の頭につつっと赤い亀裂が走った。

揺れる間もなく、そのまま棒のように倒れこんでいった。

第一章　結ばれた縁《えにし》

一

南町奉行所の定町廻り同心大滝治三郎《おおたきじさぶろう》は、関口《せきぐち》から音羽《おとわ》、牛込《うしごめ》と回ってきて、牛込御門を通り、お城へと近づいてきた。岡っ引きと小者を一人ずつ伴っている。

江戸の町は年の暮れが迫ってどこも慌ただしい。行きかう人も追い立てられるようにちょっと前かがみになって、速足で歩いている。加えて、京都ほどではなくとも、勤皇《きんのう》だ攘夷《じょうい》だと、世は騒然としてきている。そんな中を、——せめてわしらくらいはゆったりとしていないと、町人たちが浮き足立ってしまう。

そう思うからこそ、懐手《ふところで》をして、散策でもするように歩いてきた。

大滝は、自分ではいちおう人情派同心のつもりである。

なにかあれば、上のほうや金持ちの側ではなく、庶民の側に立ちたいと、常日頃から思ってきた。

もう亡くなったが、かつて大先輩で、「仏の……」と綽名《あだな》された同心がいて、大滝はその先輩を尊敬してきた。なんとかあんな綽名がもらえる同心になりたいとも思っている。

だが、大滝には気が短いところがあり、どうしてもそれが何かの拍子で外に出たりするので、なかなか「仏の……」とは言ってもらえない。一度などは、小者たちが、「すぐに熾《おこ》る（怒る）のでたどんの大滝」などと綽名しているのを耳にはさみ、ひどくがっかりしたこともある。憧れの「仏の……」の道は、なかなか遠いらしい。

その大滝がお濠端に出たところで、ふと足を止めた。

お濠の下から冷たい風がひゅうっと吹き上げてきた。羽織や着物の裾がぱたぱたと風になびいた。

だが、足を止めたのは、風のせいではない。

一人の女が千鳥《ちどり》ケ淵《ふち》に立って、寒空の下をお濠の向こう、田安《たやす》家の屋敷があるあたりをじっと眺めていたからである。

どことなく切なそうな表情だった。

そういえば、この前、ここを通ったときにもいたような気がする。

連れの岡っ引きに訊《き》いたら、

「たしか、二、三日前にも見かけました」

という。

なにせ年の瀬である。借金から逃れようもなくなり、首をくくる者も少なくない。年末に水面《みなも》を見ると、手招きされているようで、怖くて見ることができないなどというやつもいる。

手元を見た。数珠《じゅず》を持っている。

この数珠が目を瞠《みは》るようなものだった。ギヤマンででもできているのか、赤いきれいな数珠で、小粒の夕陽とでも言えるものだった。空に夕焼けはなく、赤い色はこの数珠自体の輝きだった。

だが、いくら美しいものでも数珠は数珠である。

——まずいな。

と、大滝は思った。数珠を手に水辺に立つのは、とっくりを手に桜の花の前に立つのとは大違いである。この女、飛び込む気かと心配した。

ましてここ田安門が見えるあたりというのは、千代田城のお濠でもいちばん高さがある。のぞきこめばほとんど断崖絶壁である。飛び込まれた日には、助け上げるのだって容易ではない。

「どうした？　なにか悩みごとでもあるのか」

と、声をかけた。

「あ、いえ。そういうわけでは」

女は驚いたように振り向いた。

若くはない。三十代の後半か、もしかしたら四十に届いているかもしれない。

だが、きれいな女である。

武家の女房のようだが、そう豊かな家ではないだろう。古びた帯は、この人にはすこし哀れな感じもする。

「だが、数珠を手にしているではないか」

「あ、これはなんと言いますか、形見のようなものでして」

「ようなもの？」

「あ、いえ、五歳のときに息子を……」

そこまで言ったが、口を閉ざした。

無理には訊かない。黙って察するのが、人情派というものである。

「お濠をのぞいていたのか」

「いいえ。田安さまのお屋敷を」

「なにゆえに田安さまを？」

ちらりとお濠の向こうを見た。石垣と冬枯れた緑の上に、御三卿《ごさんきょう》田安徳川家の甍《いらか》がくっきりと浮かんでいる。

「はい。以前、ちょっとだけ奥女中としてお仕えいたしましたので」

「そうであったか」

「懐かしさのあまりに」

「うむ。では、大丈夫だな」

「はい」

「まさかとは思うが、早まったことをするでないぞ」

「ありがとうございます」

女は頭を下げ、九段坂《くだんざか》のほうへ向かった。やはり元気はない。

こんなやりとりで気が晴れたわけではないだろう。また、暗い目で水の淵を見やるときはあるはずである。悩みを解決してやったわけではないのだから、それは仕方がない。悩める者に対して同心がやれることなどわずかなものである。

それでも、定町廻り同心大滝治三郎は、

——いまのやりとりなんぞは、〈仏の大滝〉と呼ばれるにふさわしいのではないか。

なんとなくいい気持ちで、そう思っていた。

二

いつもなら七つ（午後四時）ごろにはもどってくる定町廻りの同心たちも、年の瀬はさすがにもどりは遅い。加えてこの数日は、臨時廻りの同心たちも同じように江戸市中を巡回している。外に出ていた同心たちが全員もどったのは、暮れ六つ（午後六時）を過ぎてからであった。いちばん最後になったのは、見習い同心の徳川——いや、奉行所での名でいえば、福川《ふくがわ》竜之助である。

もどった同心たちは、まずは同心部屋に置かれた火鉢にしがみつくようにして手を炙《あぶ》り、好き勝手なことを言い合う。

「ああ、疲れた、疲れた」

「年末は人出が多くて嫌になる」

「でも、このご時勢だってえのに、町人たちは暢気《のんき》だな。どうも、ああした騒ぎは上のほうで起きてることで、自分たちには関係ねえと思っているようなふしがあるな」

「そりゃそうだよ。おいらが町人だったとしてもそんなところだ」

「どうだ、そっちは」

町廻りの同心たちは、夕方、奉行所にもどると、その日あったことをいろいろと語り合う。ただの雑談のように見えても、互いの見聞を交換したことになるし、仲間の感想から、意外な悪事が見つかったりもする。

この日は、与力からの差し入れの饅頭《まんじゅう》があった。塩瀬《しおせ》の本饅頭である。

それを食いながら、出がらしの茶をすすり、話にふけった。女の井戸端会議にも似ている。

この日は年末の慌ただしさの愚痴から始まり、ひとしきりしてからいまどきの若者の話になっていった。

「三田《みた》の台町《だいまち》あたりだったけど……」

と、定町廻りの矢崎三五郎《やざきさんごろう》が言った。矢崎はいつもなら、見習いの竜之助をひきつれ、日本橋から神田浅草界隈《かんだあさくさかいわい》を中心に回るのだが、このところ、奉行所の中は特別な配置になっていた。

なにせ、この月の十二日の夜には、品川御殿山《しながわごてんやま》に建設中だったエゲレスの公使館が、浪士たちによって焼打ちされた。この下手人の探索については奉行所からも大勢、人手を割《さ》かれている。

しかも、江戸市中の警備についても、北や東よりは、南に重点を置くように言われている。当然、人員も南に多く配置され、何日か前からは矢崎三五郎も、南のほうを回っている。そのため、いまは見習いの竜之助が一人で矢崎の持ち場を担当しているようなものである。

「妙な筒を持った四人づれに出会ったのさ。これが五尺ほどもある長い筒で、おいらはとっさに鉄砲ではないかと思った」

「うむ。いまなら不思議ではないな」

と、同僚が相槌を打った。

「それで刀に手をかけ、岡っ引きと小者の二人とともに、四人を取り巻いた」

「うむ」

「なんと、それは遠めがねだった。自分たちでつくっては、誰のがいちばん見えるか競い合ってるんだと」

「確かめたのか。遠めがねに似せた鉄砲ではなかったのか？」

「ああ、確かめた。お台場のあたりが三田の高台からよく見えた」

矢崎がそう言うと、一人が首をかしげた。

「おい、矢崎。それは国防にもかかわるのではないか？　あのあたりの設備は異人たちには見せられないところだぞ」

すでに横浜《よこはま》には異人の居留地ができていて、江戸にも足を伸ばして来る。あの異人たちといくさにでもなれば、お台場の砲台は江戸の防備の要ともなるのだ。

「そうか。一度、番屋にしょっぴくべきだったか」

と、矢崎は不安な顔になった。ふだんは元気だが、家に帰るとけっこうくよくよしたりする性格なのだ。

「なあに、そこまでは必要ないさ」

「いるんだよ、そうしたやつらが」

「そうそう。いまどきの若者は変に凝《こ》り性なんだ。妙なものを集めたりする。同好の者となにやら集まって自慢したりするのだ」

と、いちばん年上の臨時廻り同心が言った。

「おいらも知ってるぜ。こんなちっちぇえ三味線《しゃみせん》をつくってな、それを弾いて遊ぶんだ」

「音も小さいのかい？」

「ああ。かわいい音だった」

「なにが面白いんだろ」

「わからねえんだ。いまどきの連中は」

「猫の鳴き真似を競い合ってるのもいたし」

「それじゃ馬鹿だ」

いまどきの若者の旗色はよくない。

見習いの竜之助なぞは、いつもは末席で黙って聞いているだけだが、今日はめずらしく口をはさんだ。

「お言葉ですが……」

「なんだ、福川？」

「そうした凝り性の人は、年寄りにもいるのではないでしょうか。わたしは朝顔の変種を集めて自慢し合っているお仲間を存じ上げておりますが」

「ああ。だが、いまどきの若いのは、朝顔なんぞには見向きもしまい」

「いや、それは一例で……」

「なんだ、福川はかばうではないか」

「それは福川もいまどきだもの」

「そうでしょうか」

「ああ、もろにいまどきだ」

皆がどっと笑った。竜之助は捕り物の才はあるが、いっぷう変わったやつというのが定評のようになっている。

笑いがおさまったところで、

「そういえば……」

と、大滝治三郎が目撃したお濠端の女の話になった。

「切なそうに田安家の屋敷をねえ。いい女だったのかい?」

「といったって、もう三十代の後半、四十近いといったくらいだからな。だが、若いときはさぞべっぴんだったと思うぜ」

「ふうむ」

「その数珠がきれいな色でな。夕陽のようだった」

「大滝にしてはきれいなものに目がいったもんだな」

「はっはっは」

と、皆、笑ったが、竜之助だけは笑わない。

夕陽のような色の数珠という言葉が気になったのだ。

――もしかして、同じ人ではないか。
四、五日前である。いつものように巡回で通った鎌倉河岸《かまくらがし》の近くの稲荷神社の境内の前で、
「お返しください」

と、女の声がした。

見ると、三十代後半くらいの女の人が、無精髭《ぶしょうひげ》だらけの男を叱りつけるようにしていた。

「だって、あんたのかどうかわからねえだろうが」

「いいえ。いまさっき落としたのを、あなたが拾われたのではないですか。大事なものなのです」

「何言ってんだよ。これはおれの家に代々伝わったものだぜ」

と、言い合いになった。

そこへ竜之助が声をかけた。

「おいおい、どうしたんだい？」

男のほうは、竜之助の姿を見て、顔を強《こわ》ばらせた。

「この人が、わたくしが落とした数珠を拾って」

「だから、これはおいらがもともと持っていたんだって」

「では、それを貸せ」

と、竜之助はなかば無理やり取り上げた。ちらりと見ただけだが、みかんのような、いや夕陽のような赤い数珠である。これを後ろ手に隠し、

「この数珠の特徴を言ってみよ。まず、お前からだ」

無精髭の男を睨《にら》んだ。

「え……」

「どうした？　自分のものなら言えるだろう」

「赤いですよ」

「赤いというだけならぱっと見ただけでもわかるさ。玉はいくつあるとか、何か刻んであるとか……」

竜之助がそこまで言ったとき、

「くれてやらあ」

男はそう言うと、脱兎《だっと》のごとく逃げ出してしまった。その逃げっぷりのよさに、追いかける気にもなれない。

「簡単にけりがついてよかった。さあ、どうぞ」

「ありがとうございました。大事な形見のようなものでして」

「それはよかった。では」

背を向けると、

「八丁堀《はっちょうぼり》の同心さまでしょうか？」

と、訊かれた。

「はい」

「せめてお名前を」

「福川と言いますが、なあに勤めですからお気になさらず」

そのまま立ち去った。

ところがその夜――。

その人がお礼に八丁堀の役宅を訪れたのである。

ちょうどやよいが出かけていて、竜之助は直接玄関に出たのだが、

「今日は本当に助かりました。これはお恥ずかしいのですが」

と、布で包んだ壺のようなものを差し出したではないか。不思議なかたちに結んだ紐までかけられていて、たいそう立派なものにも見える。

「ああ、申し訳ありませんが、礼など受け取るわけにはいかないのです」

「あの、これはわたしの手製のお茶でございます。そのあたりに生えております薬草を干し、砕いたもので一銭もかかっておりません。お恥ずかしいのですが、まさに気持ちだけですので」

「ほう。お手製ですか。それなら……」

と、受け取ることにしたのだった。

おそらく同じ人だろう。

鎌倉河岸から田安門のあたりまでは、お濠沿いにすぐである。

しかも、あんな色の数珠を持っている人というのは、そうそういないはずだ。

――あの人が田安の屋敷を見つめていた？

竜之助は胸が変な具合に脈打ち出したのを感じた。

三

定町廻りの同心たちはいったんもどった奉行所から、さて家路につこうかという頃合いだが、江戸の町々がそれに合わせておとなしくなるわけではない。

ここは内神田白壁町《しらかべちょう》にある小さな矢場である。

矢場というのは、江戸の方々にある遊技場だが、じつに面白いところだった。

楊弓《ようきゅう》というこぶりな弓矢をつかって、的に矢を当て、賞品を狙う。その賞品を狙う面白さがあり、楊弓の腕を上達させる喜びもある。

また、真ん中に当たれば、太鼓などが打ち鳴らされ、

「大当たりぃ」

と、景気もつけてもらえる。

けっこう射幸心も煽《あお》られるのだが、しかしここは儲けることだけが目的の賭場とは違って、かりかりするようなことはない。

的のそばには、若い娘が一人つく。この娘が矢が命中したところを確認し、太鼓を叩いたりする。

そればかりか、射ち終わって転がっている矢を片づけて、お客のところまで運

んでくるのだが、矢を拾いながらわざとお尻をくねくねさせたりする。性質《たち》の悪い客は、そのお尻を狙って、次の矢を放ったりもする。

「いゃあん」

と、娘は嬌声をあげる。もちろん、矢の先の鏃《やじり》は危なくないよう丸い木製のものになっていて、命中してもちょっと痛かったりはするが、怪我をするほどではない。色気も楽しめるのである。

しかも、矢を射つあいだ、この矢場の娘はいろいろと話の相手もしてくれる。うまくしたら口説けるかもしれない。

こんなに楽しいところはない。金と暇があれば、男なら毎日でも来ていたい。

その、楽しいはずの矢場で、

「きゃあ」

と、若い娘の悲鳴が響き渡った。

矢場の前は白壁町の通りで、人の行き来は絶えない。悲鳴を聞いた通行人が思わず中をのぞき込んだ。

的の前で、若い娘が倒れている。その右胸に羽根のついた矢が突き刺さっているではないか。

手前には、客らしい男が呆然《ぼうぜん》と倒れた娘を見ているといったようすである。

ここは、的が二つしかない小さな矢場で、隣の的の前にいる娘が悲鳴を上げているのだった。

「お蝶《ちょう》ちゃんが、殺された！　誰か！」

娘の必死の叫びは、師走《しわす》の町を気ぜわしく歩く通行人の足を、次々に止めていったのである。

四

見習い同心の福川竜之助と、岡っ引きの文治《ぶんじ》は、奉行所を出ると八丁堀にも近い茅場町《かやばちょう》の大番屋に立ち寄っていた。

大番屋というのは、重罪人と思われる者をみっちり取り調べるところである。ここで叩き、下手人に違いないと思われれば、奉行所に連行する。これは違うなと思えたなら、釈放したりもする。

町内に一つずつある番屋が現代の交番なら、大番屋のほうは警察署の取調べ室に喩《たと》えられるかもしれない。

今朝、付け火の下手人らしき男がこの大番屋に連行された。直接連行したのは竜之助ではなかったが、男を捕まえるのには協力もした。白状したか気になって、文治とともにのぞきに来ていたのである。

「すべて白状しました」

というので、ホッとしたところに、

「こ、殺しです。白壁町の矢場で、娘が胸を射られて殺されました」

報《しら》せが飛び込んできた。

「よし、行くぜ、文治」

竜之助は背中に差していた十手を取ると、これを指のところでくるくるっと回し、さっと前に差し直した。重い十手を指先で回すなど、そうかんたんなことではない。

これがいつもひそかに稽古しているしぐさだけあって、なかなか格好もよく、若い番太郎が「むむっ」と目を瞠った。

「胸を射られたと言ったが、弓矢でか？」

走りながら、竜之助は報せに来た番太郎に訊いた。

「はい。矢が刺さってました」

「矢場の矢が？」

「矢場の矢なんざ、人には刺さりません。野郎が外から持ち込んだものを、射ったんだと思います」

「野郎っていうからには、下手人は捕まえたのかい？」

「ええ。通りがかりの者が何人かで押さえつけています」

「ふうん」

だとすれば、たいして手間のかからない調べになるはずである。

日本橋界隈は混み合うので、江戸橋を渡って北に進み、紺屋町《こんやちょう》のところで左に折れた。

白壁町は、鍛冶町《かじちょう》の大通りと交差する通りで、こちらも人通りは少なくない。店の土間のところで、餅つきをしているところも何軒かあった。

「あそこだな」

人だかりができている。

寒いときの人だかりは、湯気が立っているように見える。

「ほら、どいたどいた」

文治が野次馬をかきわけ、そのあとから竜之助が飛び込んだ。

矢場に飛び込むと、ひ弱そうないかにもいいところの若旦那ふうの若者が、熊のようながっちりした男に組み敷かれていた。

「あ、奉行所の旦那。下手人を捕まえておきましたから」

と、男が手柄を誇るように言った。そのわきには、尻馬に乗ったような通行人が二人、それぞれ一本ずつ足を押さえつけていた。

「下手人て、そんな馬鹿な」

組み敷かれた若者が呻《うめ》くように言った。

その言葉を無視して、竜之助はまず被害者のところに駆け寄った。少しでも息があるなら手当てをしなければならない。

だが、被害者は脈もなく、すでに冷たくなっていた。

開いていた目を閉じてやる。まだ若そうな娘だった。

竜之助は振り向き、

「下手人がその男だというのは確かなのか？」

と、訊いた。

「だって、こいつしかいなかったんですから」

「この矢場にか？」

「ええ」

「戸は開いてるじゃねえか」

大きなのれんは下がっているが、一間分ほど戸が開いていて、野次馬がいっぱいこっちを見ている。

「へえ」

「外から射ったかもしれねえだろ」

「え」

熊のような男はふいに、動揺するような顔になった。ろくろくわかりもしないで、飛びかかったに違いない。

「ほら、乱暴するな」

と、まずは若者を動けるようにしてやった。

「あの矢はあんたが射ったのかい？」

「とんでもないです。矢場でほんとの矢など射るわけありませんよ」

と、若者は何度も首を横に振った。

そのとき――。

隣の的のところにいた若い娘が、この若者を指差し、

「でも、お蝶ちゃんは、胸を射たれて倒れる前に、この若旦那に向かって、ひど

おいと言ったんですよ。下手人でもないのに、そんなこと言いますか」

と、強い口調で言ったのだった。

五

そのとき、野次馬たちをかきわけて、もう一人の同心が入ってきた。

定町廻りの大滝治三郎である。岡っ引きや、奉行所の中間たちからは、怒りっぽいので「たどんの大滝」と綽名されている人だった。

もっとも竜之助はまだ叱られたりしたことはないし、むしろこの人は貧しい人の側に立とうとしているように感じられる。本当なら、「仏の大滝」と呼ばれてもおかしくないのではないか。

矢崎三五郎が来てもよさそうなのだが、矢崎はこの何日かはもっぱら江戸の南のほうの警備を担当している。かわりに大滝に行ってくれとなったらしい。

「大滝さま、どうぞ」

と、竜之助は先輩に前を譲ろうとしたが、

「うむ。いいよ、福川、聞いてるからつづけな」

鷹揚《おうよう》な態度で顎をしゃくった。

「若旦那……」

と、本当にどこかの若旦那なのかはわからないが、矢場の娘が言ったのに倣《なら》ってそう呼んだ。

「その娘は、あんたにひどぉいと言ったのかい？」

と、竜之助は訊いた。

「はい。言いました。あたしのほうを見て。なんで、あたしがひどいんだろうと思ったら、お蝶ちゃんはふいにばったり倒れたんです。あたしは、何が起きたのかまったくわからず、気がついたら、この人たちに押さえつけられていました。あっちの人なんか、押さえつけるふりして、どさくさまぎれにあたしの懐を探ったりもして」

「ひでえのもいるもんだな」

若旦那に指差された男は、こそこそと後ろに下がった。

竜之助は、もう一人の矢場の女を見た。

かわいい顔をしている。ちょっと横目がちに見るのは、切れ長の目の魅力を自覚しているせいかもしれない。

「あんた、名前は？」

「お種《たね》っていいます」

「若旦那が矢を射つところは見たのかい？」

「はっきりとは見てません。外のお客さんに声をかけたり、手招きしたりしてましたから。年末は慌ただしいので、なかなか入ってくれないんです。でも、そこに座ってましたから、若旦那が矢を射ってるのはもちろん、知ってました」

「若旦那が射った矢が刺さったかどうかはわからねえんだな？」

「でも、あたしが見たときは、若旦那はちょうど矢を射ち終えたような格好をしてましたよ。それで、お蝶ちゃんは、若旦那を睨んでいたんです」

「なるほどな」

と、そこで大滝が言った。状況はざっと飲み込めたらしい。

「ところで、若旦那ってみんな呼んでいるけど、どこの若旦那なんだい？」

大滝が訊いた。

「あたしの家は、室町《むろまち》で料亭をやっています。梅見亭《うめみてい》といいます。あたしはそこの長男で、一太郎《いちたろう》といいます」

と、若旦那は小声で言った。

竜之助と大滝は顔を見合わせた。

八百善《やおぜん》などと並んで、江戸っ子なら知らない者はいないという有名な料亭である。

「なんだ、梅見亭の若旦那ですかい」

と、大滝は皮肉な笑みを浮かべて言った。

「ええ」

「高いんだよねえ、ああいうところは」

「それはあたしには」

若旦那が値を決めたわけではないだろう。

「庶民は行けっこねえよ。おいらも行ったことはない。そうか、あの梅見亭の若旦那でしたかい」

なんだか、大滝の口調が嫌味な感じになってきた。

「いろいろ訊きたいけど、こんなにじろじろ見られてちゃな」

と、大滝は野次馬たちを見て、

「福川、おいらはこの若旦那をそっちの番屋に連れていくぜ」

「え、でも」

まだまだ若旦那には訊くべきことがある。

「だが、こんなとこじゃ、若旦那だってゆっくり弁解もできねえよな」

「あたしじゃないですよ」

「でも、話を訊くのが若旦那しかいねえんですよ。ほかには誰もいなかったんですから」

笑顔は見せているが、大滝は若旦那を疑っている。それは慇懃無礼《いんぎんぶれい》な口調からも明らかである。

大滝と、その大滝が連れてきた岡っ引きに両脇をはさまれ、若旦那は外に出て行った。

縄こそ打たれないが、どう見てもしょっぴかれたというようすだった。

「あーあ、連れていかれちゃったぜ」

見送った竜之助は、なんだか調子が狂った。

「大滝さまはけっこう締め上げますぜ。金持ちには怨みでもあるのか、厳しいですからね」

と、文治が言った。

「ううむ。たしかにその心配はあるな」

だが、根はひどい人ではない。拷問におよぶようなことはないだろう。

若旦那がいなくなったので、竜之助は仕方なく倒れているお蝶のところに近づいた。

検死をおこなうはずの年寄り同心はまだ来ない。年末や時勢の慌ただしさで、当番なども無茶苦茶になっている。

いつまでも矢を突き立てたままにしておくのはかわいそうなので、お蝶の胸からえいっと抜いた。五寸ほど胸に入っていた。

さっき番太郎が筵《むしろ》を持って来ていたので、それをかけてやる。

「文治。ちっと、その楊弓を貸してくれ」

「へい」

竜之助は弓を持ち、弦をつまんで何度か弾いた。ぶぃん、ぶぃんと高い音がする。弓の威力を試したのだ。

「ふうん」

楊弓は意外に力がある。強く引き絞れば、矢を胸に突き刺すくらいのことはできるかもしれない。

次に矢を眺めた。細身の矢で青い小さな羽根がついている。

「お種ちゃんよ。この矢はここのものかい？」

「いえ、違います。ここのは全部、赤い羽根にしてますから」

「そうだよな。こんなのが混じっていたら、すぐに変だと思うよな」

「そうですねえ」

「とすると、先がほんとの鏃《やじり》だと気がつかないで、間違えて射ってしまったというのはありえないよな」

「ありえないですよ」

「じゃあ、やっぱり若旦那がここからぴゅっと狙って射ったってことかい。矢が物騒な鏃をつけているのも承知のうえで」

「でもぉ」

と、お種は首をかしげた。

「それも変ですよ。あの若旦那はすごく弓矢が下手でした。だから、お蝶ちゃんを狙って矢を放っても、あんなふうに当たるなんて信じられない気がします」

「おいおい。それを早く言ってやればよかったのに。いまごろ、若旦那、絞られてるぜ」

竜之助は苦笑した。

六

そのとき——。

ちょっと凄《すご》みが漂う六十くらいの男が入ってきた。

「あ、白壁町の親分」

と、文治が男を見て言った。

「寿司の文治かい。ひさしぶりだな」

「おひさしぶりです、親分」

男に頭を下げた。

「親分はよしてくれ。竹三《たけぞう》でいい。おいらはもう十手は返したんだから」

「そうですか。ここは竹三さんの店ですか」

「そうなんだよ」

「こちらは見習い同心をなさっている福川竜之助さまで」

「福川です」

と、怪訝《けげん》そうな顔をしている竜之助に、矢場のあるじは自分で説明した。

「あっしは三年ほど前、くたびれて十手を返した竹三といいます。その前からここらに矢場を四つほど持って、女房たちにやらせていたんでさあ」

「そうだったのか」

「さっきから、外でやりとりを聞かせてもらってました。状況は飲み込みました。ずっとお世話になった奉行所だ。なんでも協力しますから、訊いてください」

「そいつは心強いぜ。なあに、おいらは若旦那が下手人と決めつけるには早いと思うのさ」

「あっしもそう思いました」

「それで、一つ。外から矢を射ることはできるのかと思ったのさ。若旦那が下手な矢を放つ。それに合わせて、外から本物の矢を放った。お蝶としたら、まさに若旦那に射たれたと思う。それでひどぉいと……」

「なるほど。その通りからですね」

竹三は表の通りに出た。竜之助と文治もあとにつづいた。

娘の遺体が筵で隠され、若旦那もいなくなって、野次馬の数はだいぶ少なくなってきていた。

「ふうむ」

「どうだな？」

「福川の旦那、やっぱり無理ですね」

「駄目かい」

「だいいち、ここは人通りが多い。ここで本物の矢をつがえて射ったりしてたら、誰かに見咎《みとが》められます。しかも、娘があのあたりで射たれた。すると、こっちにいた若旦那の肩ぎりぎりに矢を放たなければならない。どうです、ちょっと難しいでしょう？」

「たしかにな。だが、下手人は若旦那を狙っていて、外れてしまってお蝶に当ったてえのはどうだい？」

「ほう」

　と、竹三は目を輝かしたが、

「それは面白いですがやっぱり外からってえのは難しいでしょうね。お種。おめえそのとき、そこに座って表を見てたんだろ」

「はい。なんとか客を入れようと、こっちをのぞくお客さんに声をかけたり、流し目を送ったりしてました」

「弓で射ろうなんて野郎がいたら、気づくだろ」

「たぶん」

と、うなずいた。

「どうです、福川さま?」

「たしかにな」

と、竜之助は腕組みしてうなずいた。

「だが、外から射つなんてのはなかなか思いつかない。たいしたもんですよ」

「そいつはどうも」

「外からねえ」

と、竹三は首をひねっていたが、

「おや?」

急にすたすたと的のほうに向かった。

「どうしたい?」

「これです」

と、指を差したところに、一寸ほどの節穴が開いているではないか。

「ここは安普請《やすぶしん》でね。はめ板にはこんな節穴がいくつか開いているんで」

「裏は?」

「路地です。人っけはほとんどねえ」

竜之助は急いで裏に案内させた。

細い路地になっていた。周囲は蔵や塀に囲まれていたりして、通る者はほとんどいない。

冷たい風が枝分かれするように吹きぬけていく。ひゅぅうという風の音が、いくつかの音階になって、重なり合っていた。

「ここだ」

穴をのぞいた。

ちょうど、倒れているお蝶が見えている。

もう少し上にものぞくのに都合のいい節穴がある。

「そうだ。ここで、向こうをのぞきながら、若旦那が矢を放つのと同時に楊弓で矢を放った。お蝶は若旦那が射った矢が的に当たるかどうかを確かめるから、身体をこっちに向ける。そこへぶすり。お蝶は突然、自分の胸に矢が突き刺さったので、てっきり若旦那が射ったのだと思い、近づこうとした。そして、ひどぉいと言った」

竜之助はそう言いながら、矢をつがえて射つ格好をした。

節穴からお蝶が座っていたあたりまでの距離は、せいぜい一間半（二・七メートル）。まず外すことはない。お蝶は何もない壁のほうから矢が来たとは思わないから、当然、若旦那を疑っただろう。

「それで間違いはねえでしょう」

と、竹三もうなずいた。

「だが、ここでは目撃した者もほとんど期待できないな。人が滅多に通らねえもの」

「まったくで」

表通りの裏を通い合う路地は、江戸のもうひとつの世界のような気がした。

「さて、これで、若旦那は下手人じゃねえことがわかった」

「では？」

と、文治が訊いた。

「まずは番屋からもう一度、こっちに来てもらおうぜ」

七

竜之助たちが路地からふたたび矢場にもどると、野次馬の中に瓦版屋のお佐紀《さき》が混じっているのがわかった。きらきらと目を輝かせていて、竜之助や文治と目が合うと、ちょっと照れたふうに笑った。

「なんだ、お佐紀。もう嗅《か》ぎつけたのかい」

と、文治は呆れて言った。

「寿司の親分。梅見亭の若旦那の一太郎さんがしょっぴかれたっていうのは本当なんですか？」

梅見亭の若旦那のことは、前から知っているような口ぶりである。

「そりゃあ間違いだぜ。しょっぴいたわけじゃねえのさ。まもなく、ここに来るから」

その言葉が終わらないうちに、

「まったく、若旦那には手を焼かされる」

と、大滝が入ってきた。

「どうも、大滝の旦那」

と、竹三が頭を下げた。

「おう、白壁の。あ、ここはおめえの店か」

「へい。面倒ごとを引き起こして申し訳ありません」

「なあに、それはおめえのせいじゃねえ。だが、この若旦那にはまいるぜ。あたしじゃない、早く帰してくださいと、それしか言わねえんだもの」

「でも、あたしの言うことをまるで聞いてくれないから……」

若旦那のほうもうんざりした顔をしている。

さぞ、すれ違いのようなやりとりがつづいたのだろう。

「あれかい。節穴は？　なるほど。おいらの目玉も節穴かってか。だが、この若旦那は、なんか怪しいところもあるんだぜ」

「……」

若旦那はそっぽを向いて、矢場の隅に腰を下ろした。

「あれもいまどきだな、竹三」

と、大滝は困った顔で言った。

「いまどきの若者ですか。そうでしょうな」

竹三も納得したらしい。

――いまどきか。

竜之助は若旦那になんとなく同情する気持ちがある。

なにか隠しごとをしていたのも、どうせ自分が下手人ではないとすぐに明らかになると思っていたからではないか。

だが、やっていないことを証明するのはそう簡単なことではないのだ。

「若旦那。一太郎さん？」

と、竜之助は訊いた。

「なんでしょうか？」

「お蝶が狙われるわけに、思い当たることはねえですか？」

「さあてねえ」

竜之助とも目を合わせようとしない。町方にたいして、心を閉ざされてしまうと厄介《やっかい》である。

「こうも考えられるんですぜ。お蝶が狙われたのではなく、単に若旦那を陥れるのが狙いだったって」

「あたしを陥れる……」

恐ろしそうな顔をした。

「だって、あやうく若旦那は下手人にさせられるところだったじゃねえですか」

「……」

若旦那は考えこんでしまった。

「まあ、これはおなじみのやつだな、福川」

と、大滝がにやりと笑って言った。

「おなじみのとおっしゃいますと？」

「若い連中だもの。頭にあることは決まっている。惚《ほ》れた、はれただよ。若旦那が金にものを言わせて、あのお蝶をものにした。お蝶には前から言い交わしている男がいて、ふられた腹いせに矢をぴゅっと。しかも、憎い若旦那を下手人にしてしょっぴかせたら、一石二鳥の復讐じゃねえか」

と、大滝は野次馬たちにも聞かせようとするように、大声でそう言った。

「はあ」

竜之助はどうもぴんとこない。

いまの話を聞いていたお佐紀も、こっちを見て、しきりに首をかしげている。

若旦那はというと、自分のことを言われているのが、なんだか他人ごとのように感じているように見える。

あっけに取られたような顔で、大滝の顔を眺めていた。

八

若旦那を家に帰らせ、調べはいったん切り上げることになった。

すっかり腹が減ってしまった。

文治のところの寿司屋に寄ることにした。

本当なら文治があるじになっていてもおかしくはない〈すし文〉は、神田佐久《さく》間河岸《まがし》に近い旅籠町《はたごちょう》にある。

お佐紀も誘うと喜んでついてきた。

だいぶ遅くなったが、文治のおやじがまだ寿司を握っていた。

竜之助は寿司の食べ方がずいぶんうまくなった。しょうゆを垂れるくらいつけて食べていたのが、ほとんどお情け程度につけ、ひょいと口に放り込む。マグロにアジ、ヒラメも噛むほどに味がある。

「おやっさんの寿司はほんとにうまいねえ」

「福川さまに言われると、嬉しくなっちまうよ」

文治のおやじが顔をほころばせた。

「それにしても、どうも、わからねえなあ」

竜之助は文治とお佐紀を見て、首をかしげた。

「なにがですか？」

と、お佐紀が訊いた。

「大滝さんが言っていたように、若旦那がなにか隠しごとをしているのは本当だと思うんだよ。だが、自分が殺しの下手人にされそうになっても、言いたがらないことってなんだろうと思ったのさ」

「でも、自分の疑いを晴らすことでなければ、町方にはあまりいろんなことは言いたくないのも人情ですよ」

と、お佐紀は遠慮のないことを言った。

思ったことはきっぱりと言う。だが、お佐紀の性格がにじみ出るからだろうか、けっして嫌な気分にはならない。それも、この娘の魅力のひとつだった。

「お佐紀は、梅見亭の若旦那のことは知っているのか？」

と、文治が訊いた。

「はい。あの若旦那は家のことはうっちゃって、ほうぼうをうろついてましたから。なにかに熱中して、ぱぁっとものを集めたかと思うと、すべて売り払ってしまったりしているんです。でも、次になにが流行《はや》るかということには敏感で、若旦那が流行の火付け役になったのもいくつかありますよ」

「たとえば？」

「いま、色の変わった異国のうさぎを飼うのが、ぼちぼち流行りはじめているんですが、それなんかも若旦那が半年ほど前に熱中し、すぐに飽きてしまったものなんです」

「要するに、熱しやすく冷めやすいだけか」

文治は馬鹿にしたようすだが、竜之助のほうは、

「へえ」

と、感心している。流行を読むなんてことは、なかなかできることではない。

それは才覚の一つだし、商人としても大事なことではないか。

「でも、お佐紀ちゃんよ、矢場なんてのは、これから流行るというもんでもないだろ」

「あれは昔っからのもんですからね」

「それを若旦那はなにをいまさら通ってたんだろ」

「そうなんです。それはあたしにも不思議なんです」

「そこは、なんだろ、大滝さまが言ってたように、若旦那がお蝶に夢中になって

……」

と、文治が言いかけたのに、

「あたし、野次馬で来ていたあそこの常連に訊いたんですが、若旦那はこのところひと月ほど、あそこに通いづめだったけど、とくにお蝶ちゃんを口説いていることはなかったらしいんです」

「ほんとかい、それは？」

と、竜之助の顔が輝いた。

「ええ。それに、あそこにお種ちゃんていうかわいい娘《こ》がいましたでしょ。あの娘などは、ちょっと異国的で、いまの若い男にものすごくもてる顔立ちをしてるんです。それに比べて、お蝶ちゃんは、まあおかめではなかったけど、そう目につくような美人でもなかった」

「たしかにな」

生きていたときの顔は見ることができなかったが、仰向けに倒れていたときの顔が浮かんだ。

「それに、お蝶ちゃんも若旦那みたいな男はあまり好きではなかったらしいんです」

「ふむ」

「不思議でしょ、福川さま」

若旦那は何のために、毎日通うほどお蝶に近づいたのか？

「まったくだ」

それが、お蝶が殺されたことと関係があるのか？

下手人は、なぜ、お蝶を殺したのか？

嫌疑をおっかぶせる相手は、若旦那でなくともよかったのか？

あるいは若旦那を陥れるのが狙いで、矢場の女は誰でもよかったのか？

「ああ、わからねえことだらけだ」

と、竜之助は首を左右に曲げた。

「大滝さまも言ってたように、あの年ごろはなんでも男女のことが原因と思われがちだけど、若旦那はいまどきの人ですから」

と、お佐紀は言った。

「なんでえ、お佐紀。いまどきの男は、惚れたはれたはねえってか？」

「それだけじゃないってことですよ」

「へえ、そんなもんかね」

と、文治は納得がいかないらしい。

「あれ？」

と、竜之助が首をかしげた。

「また、なにか解せないことが？」

「いや、いまの寿司、わさびが抜けてたような」

「あ、おやじだよ。ここんとこ、ときどき、わさびを塗るのを忘れるときがあるんです。まったく、ちっとぼけてきたんですかね」

文治は父親の顔を心配げに見た。

「おいら、さびぬきのお寅《とら》でも来たのかと思ったぜ」

と、竜之助は笑った。

「さびぬきのお寅って、あのスリの女親分？」

と、お佐紀が訊いた。

「知ってんのかい？」

「有名ですもの、お寅さんは」

「へえ」

竜之助はお寅を思い出した。

凄みのある笑顔。貫禄。あんな女の人は見たことがない。でも、お寅とは正反対の女の人もいたっけ。

ふわりと眠気がきた。疲れに加えて腹がくちくなったためだろう。酒も一合だけだが飲んでいる。

——駄目だ、眠い……。

気がつくと、竜之助は折り詰めの寿司を下げて立っていた。

「なんだい、こりゃ」

「福川さま。しっかりしてくださいよ。自分で頼んだんじゃねえですか。お宅のやよいさんにでも土産になさるんでしょ？」

やよいは、田安家にいたころの奥女中で、いまは竜之助の身の回りの世話をするため、八丁堀の役宅に同居している。とにかく色っぽい娘で、竜之助はその誘惑に負けまいと、毎晩、座禅を組みたくなるほどである。

「そうなのか？」

ちらりとお佐紀を見ると、つんと反対のほうを向いた。そういう表情も、どこか知的で爽やかである。

そのお佐紀や文治と別れ、八丁堀の役宅にもどった。

「あら、若さま、それは？」

「ん、ああ、土産だよ」

やよいに折り詰めの寿司を渡すと、

「まあ、若さま。女って、こんなことされたらめろめろになってしまうんですよ」

「馬鹿。大げさだよ」

だが、やよいの喜ぶ顔を見るうち、あのとき誰に土産にするつもりだったのかを思い出した。

夕陽の色の数珠を持っていた女性。ここにお茶を届けてくれたあの人。

たしか、お寅の話をしていたら、正反対とも言えるあの人のことが思い出され、お茶のお返しを思い立ったらしい。

——何考えてるんだ？

竜之助は、ときどき自分の気持ちがわからなくなる。

そろそろ大海寺《たいかいじ》で座禅でも組んだほうがいいかもしれなかった。

九

翌日――。

竜之助は、殺されたお蝶の家を訪ねた。

文治が下っ引きを動かして、簡単なことは調べてくれていた。

お蝶は近所の鍋町《なべちょう》に住んでいた。

小さな家だが、二階もある。一階は叔母がやっている小さな飲み屋になっている。両親が亡くなって、いまはこの叔母と暮らしているとのことだった。

「とんだことだったな」

店の奥の板の間に置かれた早桶《はやおけ》を見て言った。

「ああ、はい。あの若さで、かわいそうに」

昨夜《ゆうべ》、通夜をして、今日には茶毘《だび》に付す予定だという。

両目が殴られたように腫《は》れている。ずいぶん泣いたにちがいない。

冷たくされていたかもしれないと想像したが、叔母の人柄を見るとそうでもなかったらしい。

「この店を手伝ってくれたらよかったのですが、飲み屋は酒の匂いが嫌いだからやりたくないって」

「納得したのかい？」

「だって、無理にやらせたってしょうがないですもの。そのくせ、なんでもいいから店は持ちたいなんて言ってたんですよ」

「店をねえ」

若い娘が一軒、店を持つのは容易なことではないだろう。

「じゃあ、そのために歯をくいしばって頑張るかというと、それはない。こつこつ努力なんかはしたくないんですよ。いまどきの娘ですから」

「いまどきね」

と、竜之助は苦笑した。あっちでもこっちでもいまどきあつかいである。

「でも、お蝶はこのところ羽振りがよかったんですよ」

「ほう」

「ときどき、手土産を買ってきてくれたりしたんです。しかも、日本橋あたりの有名なお菓子だったりしたんです。あれはなんだったのか」

若旦那の一太郎がくれたのか。あるいは、本当に自分で買ってきたのかもしれない。

「あたしは、旦那でもできたのかいって訊いちゃったんです。いま、思うと、悪かったですよね。妾《めかけ》あつかいしたみたいで。でも、違うって。悪いことはしてないけど、儲けるこつが見つかったのよって」

「こつ、ねえ……」

金が出たとしたら、やはり一太郎か。

若旦那の一太郎が大金を出してでも欲しがる何かを、お蝶は持っていたのか？

「悪いんだが、お蝶ちゃんが暮らしてた部屋を見せてはもらえないかい？」

「あの子の部屋？　かまいませんが、別にあの子の部屋なんてのはありませんよ。あたしといっしょに二階の部屋で寝起きしてただけですから」

お蝶の叔母は、狭くて急な階段を上って、二階を見せてくれた。

ほんとに狭い。二階の半分は物干し場になっているので、四畳半くらいしかない。そこに叔母と姪とが布団を二つ敷いて寝起きしていた。もちろん薄っぺらいせんべえ布団である。

江戸の庶民らしく、見事なくらいものがない。せいぜい、着物と帯と紐が二組くらい。旅人のようで、いっそ清々しく感じられた。

十

この日の午後になって——。

文治のところの下っ引きが、

「若旦那は何かを集めていたかもしれない」

という話を聞き込んできた。

だとしても不思議ではない。お佐紀が言っていたように、若旦那はいままでもいろんなものを集めたり、なにかに凝ったりしてきた。いまも、熱中するものはあるはずなのだ。

だが、それを訊いても答えない気がした。

とりあえず室町の梅見亭を訪ねた。

縦に長いつくりで、表の通りからだと見えにくいが、奥のほうは三階建てになっているらしい。

お大名などがお忍びで来たときは、たいがいこの三階のほうに通されるらしい。あるじが、自慢げに、

「うちには、伊達《だて》さまや上杉《うえすぎ》さまばかりか、田安さまや一橋《ひとつばし》さまもいらっしゃ

います」

　と言ったときには、竜之助はすこしどきりとした。

「一太郎さんは？」

　と、竜之助は訊いた。矢場で起きたことは、町役人を通して、梅見亭のあるじにも伝わっているはずである。

「はい。今日は厨房のほうに入れまして、皿や鍋をみっちり洗わせています」

「おとなしく洗ってんのかい？」

「ええ。手代にも見張らせてますし」

「だいぶ、怒ったのかい？」

「それはそうですが、ただ、うっちゃっておいたのは、あたしの責任でもありますから」

「そうなのかい？」

「食い歩きや飲み歩きもあたしらには商いの勉強なので、そのままやらせていたんですが」

　たしかに、それはそうかもしれない。

　いろんな店や、いろんな味を知らなければ、自分のところをちゃんと保っていけないだろう。

「若旦那は何かを集める性癖《くせ》があったと聞いたんだがね」

「ああ。ときどき狂ったように何かを集めはじめることがありました。カブトムシだかを集めたときはさすがにやめてくれと言いました。あれは、臭いもので、こっちの商売にも影響しますから」

「近ごろは何を?」

「近ごろは知りませんねえ。なんか、ものを集めるのは嫌になったというようなことは言ってましたが。でも、一太郎のことですから、けろりとしてまた別なものを集めはじめているかもしれませんな」

「若旦那はまだ、厨房にいるんだろ」

「はい。なんなら呼んできましょうか?」

「いやね、若旦那が厨房にいる隙に、部屋を見せてはもらえねえかと」

部屋をのぞけば、いま集めているものは一目でわかるはずである。

「そんなことはかまいませんが」

梅見亭のあるじは先に立って案内した。

ずっと奥である。途中、左に折れた。料亭になっているあたりと比べて、急に普請が安っぽくなったのがわかった。廊下もぎしぎし言いはじめた。

大滝は明らかに梅見亭に反感めいた気持ちを持っている。それは、梅見亭の財産だとか、貧しいものは相手にされない商売などに対する感情なのだろう。あの人は、根は庶民の味方であろうとするなかなか純粋な性分の人なのだ。

だが、梅見亭は裏でも贅沢《ぜいたく》の限りを尽くしているわけではない。客を迎える表面だけが奢《おご》っているので、裏にある暮らしはこんなふうに質素なのである。

「ここが一太郎の部屋です」

六畳ほどはある。だが、けっして立派な部屋ではない。殺風景ともいえる。

「押入れは？」

「たぶん、布団くらいで」

押入れを開けた。本当にそうだった。

「ものを集めるときは、この部屋がいっぱいになります。足の踏み場もないくらいに。だから、いまは何も集めていないと思いますが」

「ふうむ」

納得がいかない。もう一度、よく見た。

だが、本当に何もない。もらいものの南蛮酒を入れた包み。紐が巻いてある。中は空である。ずいぶん昔に飲んでしまったのだろう。なんでそんなものが取ってあるのか？

「一太郎さんは酒は？」

「たいして飲みません。それだって、たいがいはうちの手代に飲ませてしまったみたいですよ」

衣紋掛《えもんか》けに着物が数枚。あとは帯とか紐がかかっている。これくらいなら、とくに集めているとは言えない。

一つずつの値段は桁が違うにせよ、これくらいのものはお蝶の家にだってあったはずである。

——ん？

もう一度、見た。何かと何かが結ばれる気がした。

十一

このあいだ知り合った赤い数珠の女の人は、神田の三河町《みかわちょう》に住んでいた。

毎日、千鳥ケ淵の上に立ち、しばらく祈るようにして帰っていく。竜之助はそこを待ち構え、そっとあとをつけたのである。

いったん引き返し、〈すし文〉で折り詰めをつくって持参した。

突然、現れた竜之助に、この女の人は目を丸くして驚いた。

「まあ、どうしてここを？」

「このあいだ、ここを通りかかったとき、見かけたんです」

と、嘘をついた。後味は悪いが、あとをつけたと言えば、気味悪がられるのではないか。

「そうでしたか」

「ご迷惑だったのでは？」

「とんでもありません。こんな手土産などお持ちにならず、気軽に遊びにいらしてください」

そう言って、家へ招き入れてくれた。

「全九郎」

部屋の隅にいた少年が呼ばれた。

「はい」

「ご挨拶なさい」

ほとんど日に焼けてなさそうな、真っ白い顔の少年が頭を下げた。

「霧野《きりの》全九郎です」

「福川竜之助です。おいくつですか？」

「十三歳です」

自分はそのころ何をしていたか。日々、やけを起こしたように剣術に熱中していた。

「難しい年ごろで困ってしまいます」

と、全九郎の母が言った。

「そうでしょうね」

自分だってたぶん難しかった。難しくない十三歳などいるのだろうか。

「なかなか外に出たがらなくて」

「ほう」

言われて全九郎はうつむいた。出たがらないのではなく、出られない。そんなことはないだろうか。

「まあ、身体もあまり丈夫じゃないので仕方ないのですが」

たしかに顔色は青っちょろい。

だが、性格は素直そうな少年ではないか。

「お子さんはお一人ですか？」

「いいえ」

と、母のほうは言葉を濁したが、

「わたしの上に兄がいたんですよね」

全九郎はすぐに言った。

「そうなのですか」

「でも、五歳のときに別れ別れになって」

「全九郎。余計なことまで申し上げて、ご不快な気分になられたらどうするのです」

「申し訳ありません」

「父を早くに亡くしましたので、寂しかったのではないかと思います」

「そうですか。わたしも……」

竜之助の父は、田安徳川家の三代目の当主、斉匡《なりまさ》である。将軍をつとめた家斉《いえなり》の弟だった。

斉匡は、兄家斉と同様、子だくさんで、十一男十九女に恵まれた。竜之助はその、最後の十一男である。異母兄には、越前福井《えちぜんふくい》藩主の松平慶永《まつだいらよしなが》や五代目田安徳川家の当主になった慶頼《よしより》らがいた。

その父は、竜之助が十歳のころに亡くなっている。

「じつは、今宵、お訪ねしたのは」

と、訊きたいことを持ち出した。もっとも、こっちは言い訳で、本当はこの家を訪ねたかったのではないかという気もする。

「この前、お手製の薬草のお茶をいただきました」

「粗末なものをお届けしてしまいました」

「毎日、ちゃんと飲んでいます」

嘘ではない。やよいもお相伴にあずかっている。

「まあ、ありがとうございます」

「あのとき、葉を詰めた甕《かめ》を袋に入れ、組紐でしばってありました」

「はい。中が粗末なものですので、せめて見てくれはよくしようと」

「変わったふうに結んでありましたよね」

「まあ、お気づきでしたか」

嬉しそうに笑った。

「花の模様になっていました」

「あれは結び紐とか花結びとか呼ばれるもので、足利《あしかが》さまの時代に生まれた技だと聞いたことがあるのですが」

「さまざまなかたちがあるのでしょうか？」

「たくさんございます。いろんなかたちがあり、秘伝とされるものまであるとうかがっています」

「秘伝？」

と言って、すこしぞくりとした。あの殺しの核心に近づきつつある気がする。

「わたしは二つくらいしか知らないのですが」

全九郎の母は、ささっと結んでくれる。一本の紐がたちまち花のかたちに変わった。しかも、ちゃんと結ぶべきところは結んでいる。蝶結びを恐ろしく複雑にしたものらしい。

「それとこれ」

今度はとんぼが現れた。まるで手妻《てづま》のようである。

全九郎もいっしょにこれを見て、竜之助と顔を見合わせて笑った。

「この技を競い合う集まりもあるとうかがっています」

「はい。なんでも、近ごろ、若い人たちによって、新しい技が次々に生まれてきているそうです」

「それはどこに行けばいいのでしょう？」

「さあ、それは？　お茶の会などでしょうか？」

全九郎の母は、困った顔で首をかしげた。

「集まり？」

「あ」

閃《ひらめ》いた。灯台の下が暗かったのだ。

十二

竜之助は梅見亭の三階の一室にいた。

ほかに、大滝治三郎と文治、それに奉行所の小者も二人、ひかえていた。

隣の部屋でおこなわれている会合を見張っているのだ。

もちろん、あるじに事情は話してある。若旦那は下手人ではないこと。だが、自分でも見当をつけ、なにかしようとしているかもしれないこと。それは若旦那に危険をもたらすかもしれない……。

あるじはそれで協力した。

この会は、梅見亭で定期的におこなわれていた。

あるじですらお茶を楽しむ会だと思っていたという。それにちらっと倅《せがれ》が顔を出していたのだと。

だが、結び紐の会だった。

昨日、竜之助は殺されたお蝶の叔母にふたたび会ってきた。

「そうです。あの子は紐を結ぶのが上手でした。亡くなった父親は組紐の職人で、わたしの姉もそういうのは得意でしたから」

そのお蝶から、若旦那は習っていたのだ。若旦那がいま夢中になっていたのは、結び紐の新しい技を磨くことだった。そして、お蝶は凄い技を完成させ、その方法を若旦那に高く売ろうとしていた。

これをさせまいとした者が、この席にいるはずなのだ。

すでに見当はついていた。茶道の家元の息子。いままで独占してきた結び紐の達人という賞賛を奪われる怖れがあった。

なんとかして、若旦那が新しい技を入手するのを阻止したい。それには、あの女を殺すとともに、下手人を若旦那にしてしまえばいい。そうすれば、完全に自分の地位を脅かされずにすむのだった。

一方、若旦那は若旦那で、下手人は家元の息子と見当はつけながらも、この会で新しい技を披露し、家元の息子をぎゃふんと言わせたかったのだろう。先にしょっぴかれてしまっては、勝ったことにはならない。

会は進行していた。二十人ほどの出席者が、一人ずつ技を見せ合っていくのだった。

竜之助は襖《ふすま》をすこしだけ開け、中をのぞいていた。

――こんなにいろんなものができるのか。

と、驚嘆した。

亀、鶴、セミ、イヌ、ネコ、竜……。

全九郎の母よりも速く、両手でそろばんでもはじくように指が動いていく。

さらに、結ぶとすぐにほどいてしまう。

つくり方を盗まれないためらしかった。

そして、一太郎の番がきた。

いつものおどおどしてひねこびたような態度からは想像もできないくらい、自信たっぷりに手が動いた。

「仏の縁《えにし》」

と言って、できあがったかたちを見せた。なんと、組紐が座禅を組んでいる阿《あ》弥《み》陀《だ》如来《にょらい》のかたちになっていた。

「うぉお」

小さな声が、部屋の中のあちこちから湧いた。

反対側にいる茶道の家元の息子の顔が、悔しそうにゆがんだ。

そのとき、

「ごめんなさいよ」

と、竜之助が顔を出した。

皆、いっせいに竜之助を見た。

一目で町方の同心とわかるから、無遠慮な闖入《ちんにゅう》に文句を言う者はいない。

「それが、お蝶から買おうとしていた技ですね。すこしずつ教わり、最後のところは若旦那の工夫で仕上げたんですね。でも、その技の出現を怖れ、若旦那の師匠を殺してしまったやつがいる」

と、部屋を見回した。

茶道の家元の息子が真っ青になって立ち上がっていた。

襖を開けて出ようとする前に、大滝治三郎が立ちはだかっていた。

「名声が地に落ちるときってえのはつらいからな。まあ、いくらかはわかる気もするんだがよ」

大滝は、ささやきかけるように言った。ひっつかまえるときの台詞《せりふ》を、大滝はあらかじめ稽古してくるのだと聞いたこともある。

「ほら、いくぜ」

「はい」

家元の息子は暴れたりせず、素直にうなずいた。これなども見る人によってはいまどきの若い者の特徴と思うのかもしれない。

竜之助はそのままになっていた若旦那の作品を手に取り、大滝に向かって、

「なんか、仏の大滝さんにふさわしいですね」

と、言った。

文治からいつも、たまにはお世辞も言うべきだと忠告されている。お世辞などあまり言いたくない相手もいるが、大滝治三郎には素直に言った。

すると大滝は、お世辞を言ったほうが恥ずかしくなるくらい顔をだらしなく崩し、

「むふっ」

と、小さく息を吐いたのだった。

第二章　空飛ぶ岩

一

「こうして、こうやって……ほら、仏の縁《えにし》だ」

と、福川竜之助が結び終えた組紐を前にかざすと、

「あ、ほんとですね。お釈迦さまです」

小坊主の狆海《ちんかい》は目を輝かせた。

本郷にある小心山《しょうしんざん》大海寺の本堂である。竜之助はここで月に一度か二度、座禅を組むようになった。

だが、今日は座禅ではない。この結び紐の技を狆海に見せたくて、町廻りの途中でわざわざ立ち寄ったのだ。

このあいだの梅見亭の連中のように速くはできなかったが、どうにか格好はついた。髪の毛がちりちりになっているし、ちゃんと手を合わせ、あぐらもかいている。ただし、この出来では、黙って見せたら何かわからないかもしれない。

「仏の縁」と口にすると、人はそういうふうに想像してくれるものらしかった。

「すごい、福川さま。どこで覚えたのですか？」

「つい最近だよ。なんべんも稽古して、やっとつくることができるようになったのさ」

じっさい、昨日などは睡眠を削って一刻（四時間）近く繰り返したほどだった。凝《こ》ると、自分でも疲れるくらいしつこい性格をしている。

すると、わきからのぞきこんだ雲海《うんかい》和尚が、

「ふん。そなた、この忙しいときによくそんなくだらないものを稽古しておったな」

鼻で笑って言った。

「え、仏の縁はくだらないのですか」

「馬鹿者。そういう手なぐさみみたいなものがくだらないと言っているのだ」

「そうですかね」

「なんだ、不満そうだな」

「なかなか味のあるものだと思うのですが」

「そんなことより、年末年始には、この寺で大座禅大会を開くからな」

「ああ、そうですか」

「そうですかではない。そなたも出るのだ」

「おいらは……」

どう考えても、年末年始は町廻りに駆り出されるに決まっている。先輩たちが休みや飲み食いの予定を入れる分、見習いの仕事は激増する。年末年始は立って寝るくらいの覚悟でいた。

「なんだ、福川。座禅なんか必要ないってか？　すでに悟ったたってか？」

「いや」

「早いなあ。その若さで悟るとは」

目をわざと細くして、竜之助を見た。強烈な嫌みである。

「ぜんぜん悟ってなんかいませんって。ただ、忙しいんです」

「みんな、忙しいんだ。それを押してやるところに意義があるのだ。それに座禅などというのは暇なときにやると眠くなるものだから」

「そうなのですか」

　と、竜之助は思わず訊《き》いた。禅宗の坊主にしては不穏当な言葉のような気がする。

「和尚さま。いまのはちょっと」

　と、狆海が和尚の袖を引いて言った。狆海は九歳だが、大人が顔負けするくらい弁が立つ。しっかりもしている。

「失言か？」

「この何カ月かでいちばんまずい言葉ではないでしょうか」

　雲海も狆海に言われてすぐに、

「そうか。福川、いまのは忘れろ」

「ううむ、忘れろと言われても」

　それは無理である。雲海和尚は座禅の最中、ときどき眠っているらしい。

　だが、座禅の途中で寝ない人のほうが不思議な気もする。

「とにかく、大座禅大会にはいろんな人が来るぞ。そうそう、お浜《はま》がいた巾着長屋にいるお寅《とら》という女も来る」

　お浜というのは雲海が惚れていた女スリだったが、半月ほど前に殺されてしまった。

「ああ、お寅さんが」

凄《すご》みのある笑みと、どことなく静かな身のこなしを思い出した。

「あれはスリの親分だぞ。知っておったか？」

「そうらしいですね。だが、掏《す》ったところを見ないと、しょっぴくわけには」

「馬鹿。しょっぴけなんて言っておらぬわ」

「でも、お寅さんがどうしてここに？」

「お浜の葬式のときに誘ったのさ。いろいろ悩みもあるから座禅は組んでみたかったそうじゃ」

「へえ」

ずいぶんいろんな人に声をかけているのだろう。

「福川、気をつけろよ。懐から何か盗まれるかもしれぬでな。わしなぞはすでに心を盗まれた」

「……」

思わず雲海を見た。心を盗まれたというのは、好きになったということではないか。歳はお寅のほうが五歳ほどは上なのではないか。いや、そんなことより、僧侶とスリの親分の組み合わせはどうなのだろうか。

「冗談だぞ。本気にするなよ。なんだ、いちいち本気にされちゃ冗談も言えぬな」

と、憮然《ぶぜん》とした。

だが、和尚の場合は、洒落《しやれ》にならない。

なにせ狆海の話によると、死ぬほど好きな女三人に立て続けにふられたのが、僧侶になった動機だという。それくらい惚れっぽいのだ。

それはともかく、大座禅大会――どうして大が二つもつくのかはわからないが、多少は顔を出さざるを得ないだろう。

二

「これが仏の縁です」

「すごい」

「お上手ですこと」

前に並んで見ていた霧野全九郎と、母のまさ江――という名だそうである――が、にこにこして目を輝かせた。

竜之助はここでも「仏の縁」をつくっていた。大海寺のときより速くできたが、かたちはさっきのほうがよかった。

「福川さま。これ、ほどいてみてもいいですか？」

「もちろんさ」

人殺しまで引き起こした秘伝である。そんなものはさっさと手の内を明らかにして、秘伝でなくしたほうがいい。

「すぐにできるようになったのですか？」

と、全九郎が訊いた。

「いやあ。何度も稽古しました。お礼にぜひ見てもらおうと思いまして」

「お礼だなんて」

と、まさ江が手をひらひらさせた。

「いえ、おかげで面倒なことが解決できたのです」

全九郎の前で殺しがどうのとは言いたくない。

「それはよかったですが、わたくしなど何も知らずにしたことで、そこで気がついた福川さまがすごいだけです」

「すごいなんてことは……」

竜之助は照れた。

まさ江は、昔、田安家で奥女中をしていたと聞いた、と大滝治三郎は言っていた。本当なのだろうか。とすると、わたしが子どものころ、あの屋敷で会っていたりするのか。

問いただしたいが、同心の福川竜之助がそんなことを訊くのはおかしいだろう。なんでお城の中の田安家のことまで知らなければならないのか。やはり訊くわけにはいかないと我慢した。

全九郎がゆっくり組紐をほどきながら、結ぶ手順を紙に書いている。

それをまさ江がのぞきこんでいる。

自分と母と弟――。

なんかこうした光景が昔もあったような気がした。

「福川さま。年末年始は？」

と、まさ江が訊いた。

「あまり、決めたくはないのですが」

少しでも暇ができたら、江戸市中を散策したい。二十数年のあいだ、城の中で鬱屈《うっくつ》していた思いが、町を歩くたびに溶けて流れていく気がするのだ。

だが、見習い同心はこの時期、遠出はむずかしいだろう。せいぜい巡回を兼ねて、浅草、上野《うえの》、日本橋あたりか。それでも気は晴れる。

「福川さま。よろしかったら、雑煮《ぞうに》でも。ちょっとお寄りいただけたら、すぐにおつくりいたしますから」

「ああ、ありがとうございます」

ここに座って、この人のつくった雑煮を食べている自分を想像したら、ひどく気が休まる思いだった。

三

八丁堀の役宅にもどると、紫色の着物に緑色の帯を締めた、思わず目をそらしたくなるような初老の男が玄関に立っていた。下手な浮世絵師の失敗作よりひどいかもしれない。

うっすら化粧もしていて、白粉《おしろい》の匂いがぷんときた。

「げっ」

と、思わず声が出た。

「うっふっふ」

男は笑っている。

誰かは一目でわかった。田安家の用人の一人で、竜之助のことを幼いころからかばいつづけてくれた支倉辰右衛門《はせくらたつえもん》だった。

だが、あまりに馬鹿ばかしくて、その名を言う気になれない。

「わたしです。若。爺《じい》ですぞ」

「う、うむ」

「ご要望に応えてみました」

「あ、そうか……」

この前の竜之助の冗談に本気で応えてくれて、旅役者に扮してきたらしい。

「旅役者なら、せめて三味線でも持ってくれ。おいらは、陰間《かげま》でも助けを求めに来たのかと思ったぞ」

「三味線ね。なるほど、それは気がつきませんでした。では、次はそうしましょう」

おい、次もやるのかい。

「それにしても、その格好で田安門を出て参ったのか？」

と、呆《あき》れて訊いた。だとしたら、あそこの門番も職務に怠慢ではないか。

「そんな恥ずかしいこと、誰ができますか。築地《つきじ》にある、わしの親戚の家で着替えてきたのです」

やよいは笑わずに我慢しているが、竜之助はどうしても顔が崩れてしまう。

「まいったな」

「それよりも、近ごろ、刺客は参りませぬか」

「来ないねえ」

徳川竜之助に伝えられた新陰流の秘伝に対し、さまざまな新陰流の後継者が正統を名乗るため、決闘を挑むという動きがあるらしい。

このあいだは、肥後《ひご》新陰流から四人の剣士が戦いを挑んできた。

竜之助としては、秘伝にこだわる気持ちはない。伝授を請われれば教えるつもりさえある。だが、彼らは伝授されるよりは、それを打ち破ることにこだわってしまうらしい。

「くれぐれも油断なさらず」

「ああ、わかってるよ」

「年末年始はどうなさる？」

「忙しくて正月どころじゃねえのさ」

巻き舌でそう言うと、支倉は眉《まゆ》をひそめた。

「あまり、妙な言葉づかいが身につくと、のちに幕閣などに入ったとき、馬鹿にされかねませんので」

「おいらが幕閣になんぞ、入れるわけがねえだろうが」

「そこはこの爺が命を賭けて」

と、胸を張った。

本気らしい。

そのときは、逃げるまでである。

「それより、爺に訊きたいことがあったっけ」

竜之助は茶の用意で奥に引っ込んだやよいを見ながら、

「昔、まさ江という奥女中が田安の屋敷にいなかったかい？」

と、訊いた。

「まさ江ですか？　さあ、あのおなごたちは、奥女中に入るときは本当の名ではなく、別の名をつけますからな」

「そうなのか」

「やよいだって、本当の名ではないですぞ。あれの本当の名は面白くて、それが

「……」

「支倉さま。お茶の用意ができましたが」

やよいがもどってきた。

「なんだ、爺。つづきはどうした？」

「いや、またにしておきます。だから、その女も見てみないことにはわかりませぬな」

「そうか。では、そのうち見てもらうか」

「なんですの、若さま？」

「いや、なんでもない」

やよいには、変に誤解されると鬱陶しいので、霧野の家のことは隠しているのだ。

「それより、若。正月にはぜひとも屋敷におもどりください。いろいろ行事もつまっておりますので」

「うむ。考えておく」

こんなに誘われることが多い年末年始は生まれてはじめてである。

大海寺の大座禅大会。霧野家の雑煮。飛び出してきた田安の家まで誘ってくれる。去年までの周囲から忘れられたような正月と比べたら、夢のようではないか。

支倉辰右衛門が帰っていくと、

「ひぇっ」

と、竜之助は小さく言った。

「あら、若さま。いま、なにか変な声を？」

「聞こえたかい？」

「なんですの？」

「嬉しい悲鳴さ。ひぇっ」

四

大海寺の大座禅大会は師走《しわす》の二十八日から、正月の二日までぶっ通しでやることになった。もちろん、これにぶっ通しで参加しなければならないわけではない。できるときに行って、座禅を組めばいい。

今日はその初日の二十八日である。

町廻りを終えて奉行所にもどる途中、とりあえずちょっとだけ座るかと、大海寺にやって来た。

本堂は、寒風が吹き入るままに、開けっ放しになっている。ところどころに火鉢は置いてあるが、これではいかにも寒い。

竜之助は思わず訊いた。

「寒くないですか？」

「寒いわけがない。座禅を組むと、汗が出てくる」

そう言うわりには、雲海は暖かそうな綿入れを着ている。

場所などは適当に選んでいいらしく、空いていたところに座った。

隣には、スリの親分のお寅がいた。

お寅はちゃんと袴を穿《は》いて座っていた。立派な姿勢である。

「ただ座って、ゆっくり息をしているだけでも落ち着きますよ」

と、狆海に言われている。

その狆海は本堂のいちばん端で座っていた。小さなお地蔵さまのような横顔だった。

座ってはみたがとても無念無想にはなれず、竜之助の脳裏には、今年起きたことが次々に浮かんできた。

思いがけなく夢が叶い、憧れの町奉行所の同心になれた。わずか四ヵ月前のことである。それからずいぶん、さまざまなことに巻き込まれ、多くの人に出会ったものである。

田安の家にいたのでは、とても出遭うことはない経験ばかりだった。

悪をぶった斬るという意気込みだったが、どうも世の中はそれほど単純なものでもないらしい。

しかも、この先、世の中はますます混迷を深めていきそうである。

——おいらは何ができるのか……。

汗が出るというのは大げさにしても、本当に寒さを感じなくなっていた。

途中、休憩になった。

小豆粥《あずきがゆ》がふるまわれた。狆海が運んでくれる。するとこれがたまらなく美味で驚いた。

「雪にはならぬだろう」

と、雲海が外の空をのぞいた。

つられて竜之助も膝を進めた。

新月間近で、月はどこにあるかもわからないくらいだが、きれいな星空である。

「おや、流れ星」

と、隣にいたお寅が指差し、慌てて手を合わせた。

「見えてるあいだに祈れば叶うというからね」

スリの親分にも殊勝なところがある。

「そう言えば和尚、地動説というのがあるのは知ってますか？」

と、竜之助は訊いた。

「当たり前だ」

雲海は憮然として答えた。

「お嫌いでしょう？」

と、からかう気持ちで訊いた。

地動説に、僧侶たちは猛反対しているのだ。須弥山《しゅみせん》説とは大違いだからである。

「嫌いもなにも、動いているのはこの地球なのじゃ」

「あれ、須弥山説は？」

「馬鹿。あんなくだらぬ説を信じるほど、わしは蒙昧《もうまい》ではない」

「ほう」

「だいたい、そなた、須弥山説を知っているのか」

「なんとなく」

　須弥山というのは、仏教の宇宙観を示したもので、宇宙の中央に須弥山という巨大な山がある。これは、海の上に突き出た壺のようなかたちをしている。この須弥山にはさまざまな山や台地があるが、ここは人間が見られるようなところではない。

　人間はどこにいるかというと、須弥山のまわりに海があり、その海の中に四つの島がある。そのうちの一つが、人間たちが住む世界なのだ。

　いちおう巨大な世界観になっていて、須弥山の中腹あたりを太陽と月が周回していた。天動説である。

　須弥山説は、天文学の知識が乏しい日本人が理解しやすいものになっていたので、庶民の多くは宇宙のことなど考えないか、この須弥山説を漠然と信じていた。

　だが、すでに地球儀なども入ってきていたし、地動説も紹介されている。

「なかには真ん中あたりに象がいて、大地を支えていたりする図もあるのだぞ」

と、雲海は眉をしかめて言った。

「らしいですね」

「誰がその象に餌を食わせているのだ、馬鹿者。くだらぬことを言うな」

と、雲海は竜之助を叱った。

「おいらは別に須弥山説など信じてませんよ」

「和尚って凄いんだね」

と、お寅が言った。

「ほんとですね。女に惚れてるだけではねえんだ」

竜之助も感心した。僧侶なのに須弥山説を疑《うたぐ》るなど、カタブツにはできない。

「夜空を見るための遠めがねだって持っているぞ」

と、雲海は自慢した。

「買ったばかりのときほどは見てませんがね」

狆海がわきから言った。

「凄いぞ。月を見ていると、妙な気持ちになってくる」

「どういう気持ちですか？」

「自分が墓石になったみたいな気持ちだ」

「……」

これには誰もがよくわからないという顔になった。

「今度、見せてやる。見ればわかるさ」

と、雲海は勿体《もったい》ぶったような顔をした。

「あ、また、流れ星」

お寅が指差した空に、さっきのよりも赤く大きな流れ星が、すーっと長く尾を引いた。

五

外神田の神田明神の東に当たる区域は、江戸の切絵図を見ると、代地だらけである。代地というのは、それまでの町がなにかの都合で御用地として召し上げられると、その代わりに与えられる地のことをいう。

ここらはとくに、代地がこまかく入り組んでいた。

その一画である。

暮れも押し迫った二十九日の朝――。

大きな岩が突然、四つ角のど真ん中に出現した。

夜が明けるとすぐに近所の者が見つけ、たちまち大騒ぎになった。

とにかく巨大な岩である。高さは一間（約一・八二メートル）以上あるのではないか。しかも、ほぼ真ん丸いかたちをしているのも不思議だった。

「空から降ったのではないか」

という声が、集まった野次馬たちのあちこちから聞こえていた。

それはそうだろう。こんな巨大な岩は、運んでくるよりは、空を飛んで来たと思ったほうが自然かもしれない。

それに、なにやら明け方になって、

「どーんという音がした」

と、言うものがあらわれた。

「ああ、おいらも聞いた。一度はそれで目が覚めた」

「おれも聞いたぞ。誰か太鼓でも叩いたのかと思ったんだ」

「地響きもしたよな？」

「いや、地響きというのとはちがった気がしたがな」

いろんな話が飛び交った。

番屋の町役人や番太郎たちが駆けつけるのとほぼ同時に、岡っ引きの文治も駆けつけてきた。それはそうで、文治の家のある旅籠町は、このすぐ隣町である。

「おう、寿司の親分。大変なことが起きたもんだな」

と、だいぶ歳のいった番太郎が声をかけた。

「どうしたんだ？　誰か運んでくるのを見たやつはいるか？」

文治がそう言って回りを見ると、皆、首を横に振った。

「運ぶだって？　こんな大岩をかい？　これは空を飛んできたのさ」

「おめえ、見たのか、飛んでくるところを？」

その男は首を横に振ったが、後ろのほうから、

「おらぁ見たぜ」

と、声がかかった。

「見ただと？」

「ああ。夕べは流れ星が多かったんだよ」

と言ったのは、夜鳴きうどん屋をしている男だった。

「そうなのか」

「おれは吾妻橋《あづまばし》の近くで屋台を引いてたんだが、大きなやつがすうっーと南の空を流れたんだ。あれだな」

別の男はこうも言った。

「これは天狗山の岩だな」

「天狗山だと？」

文治はそっちを見た。

「出雲《いずも》の国の山奥に天狗山というのがあって、その頂上にあった石とよく似ている」

「おめえ、見たのか、それを？」

と、文治は問いただした。すると、

「わしは聞いただけだが」

と、あやしくなる。あてにはならない話である。

だが、うっちゃっておけるできごとではない。奇怪なできごとが起きたのである。

「おい、すぐに奉行所に知らせろ。北じゃねえ、南のほうだぞ」

文治が番屋の番太郎を、南町奉行所のほうに走らせた。

ここからだと北のほうが近い。だが、もちろん文治は、福川竜之助に駆けつけてもらいたい。

――こういう事件はまさに福川さまの出番だぜ。

六
「岩が降ってきただと？」

「この年末の忙しいときに、たわけたことをぬかすな」

朝いちばんに駆けつけてきた柳原岩井町《やなぎはらいわいちょう》の番屋の番太郎は、同心たちにひどく嫌な顔をされた。

「本当なんですって。流れ星かもしれねえんです」

番太郎は泣き出しそうな顔になった。

「降ってきた星なんざ誰が担当する？」

「そういうことは風烈廻りがいいのでは」

「岩が風で飛んできたってか？　駄目だな、それは」

「外神田だって？　じゃあ、福川でいいだろうが」

と、いまは芝《しば》から高輪《たかなわ》のほうをおもに回っている矢崎三五郎が言った。

さっそく竜之助が呼ばれた。

「福川、来てるか？」

「はい、なにか」

竜之助は昨夜、書ききれなかった日誌をつけているところだったが、

「流れ星が落ちたらしい。すぐに行け」

見習い同心に否も応もない。

「はあ」

と、竜之助は一目散に駆けつけた。

走りながら番太郎におおまかなことを聞いたが、流れ星とはにわかには信じられない。

だが、野次馬をかきわけて、この岩を目の当たりにすると、やはりこれは異常な事態なのだと思った。

泥と土まみれの真ん丸い岩。これが今朝、突然、出現したのだという。

「降ったのかね？」

と、竜之助もつい、そう言ってしまう。

誰もがそうしたように、周囲をまわりながら、岩を叩いてみたりする。中身は詰まっている。まさかと思ったように芝居のハリボテの大道具ではない。

「福川さま」

と、お佐紀が現れた。お佐紀の瓦版屋もこのすぐ近所である。

筆で大きな岩を描いた紙を手にしている。その絵には、岩の大きさをわからせるため、隣に竜之助らしき後ろ姿が描かれていた。

まもなく、大海寺から息を切らして雲海も飛んできた。狆海はいない。大方、来たいというのを、無理に留守番を言いつけてきたのだろう。

「和尚、早いですね」

「檀家の者に訊いたんだ。これがじっとしていられるか」

そう言って、口をぽかんと開けた。

「これか」

同じく揺さぶったり、下のほうを見たりする。

「これはほんとに空から飛んで来た岩ですかね？」

と、竜之助が訊いた。遠めがねで月を見るほどの人である。それくらいはわかるかもしれない。

「おそらく違うな」

「違いますか？」

「わしもそう迂闊《うかつ》なことは言えぬのだがな」

と、腕組みをした。いままでいちばん賢そうに見える。

「そこに焦げたあとがあるな」

「どおれ？」

和尚が指差したあたりが黒くなってはいるが、それが焦げなのかどうかはわからない。

「空から岩が降るときは、燃えながら火の玉みたいにやって来る」

「だったら」

これもそうかもしれない。

「いや、そのときはこんな、こぶしよりも小さな石になっている。これほど大きな岩が降ったという話は、わしは見たことも聞いたこともない」

首をかしげて言った。

そこへ、いつの間にか前に来ていた小柄な老婆がこう言った。

「同心さまの前で悪いがな」

「いや、悪くなんかないぜ」

「ありゃ、芝居の太鼓の音だったで」

落ちたときに音がしたとは皆、言っている。

「ああ。ひゅう、どろどろどろって鳴ってから、どーん。四谷怪談《よつやかいだん》を観たときにも、あれとそっくりな音がした」

「芝居？」

「ということは……」

竜之助がそう言うと、婆さんは自信たっぷりにうなずき、

「そうだよ。これはお岩の幽霊が持ってきた岩」

七

竜之助はとりあえず石屋を探すことにした。岩や石のことは石屋に訊こう。まるで格言のように頭に浮かんだのである。

下谷御成《したやおなり》街道沿いに、大きな石屋があった。

おやじはすでに仕事にかかっていて、店先で墓石を刻んでいた。「太田家の墓」らしいが、「太」という字の右肩に点が打ってある。「犬」と「太」がいっしょになった字なのだ。あれはあとで点を埋めるのかな、などと余計なことを思ってしまった。

「ちと訊きたいのだがな。今朝未明に、突然、そっちの四つ角に大きな岩が出現

したのだ」

「はい。さっき見てきました」

と、石屋のあるじはうなずいた。もう少し削ったほうがいいのにと思うくらい、角ばった顔をしている。

「あっしのところじゃありませんぜ」

いきなりそう言った。

「そんなことは言ってねえよ」

だが、石屋が仕事で使うものを、あそこまで運んで来て、おきざりにしてしまったこともないとは言えない。それは、この石屋だと特定したわけではないが。

そう言おうとしたら、

「あれは石屋が使う岩じゃありませんぜ」

と、また先回りした。石屋のくせにあまりどっしりとはしていない。

「そうなのかい」

「あの岩をちっと削ってみたんです。わりに簡単に削れました。ということは、もろくて細工には向かねえんです。石屋はあんな岩は使いませんよ」

「すると、商売は関係ないかな」

「あとは、庭師ですかね。お屋敷の庭にああいう変わった岩を置いてみるなんてえのは、お殿さまならやりかねないのでは」

「なるほどな」

大名あたりは、そういう酔狂なことを考えても不思議はない。御三家の尾州公などは、戸山《とやま》にある下屋敷に、相当変なものを囲っていると聞いたことがある。

だが、いくらなんでも大名家は、あんなところに置きっぱなしにはしない。もしも見つかったりしたら、武家の面目は丸つぶれである。

やはり、その筋もなさそうだった。

急いで石屋からもどってくると、さらにたいそうな騒ぎになっていた。

誰かが愛宕山《あたごやま》のお札を貼ったり、注連縄《しめなわ》を巻いたりしていた。

竜之助が来たときも拝んでいる者はいたが、いまでは地面に座ってこの岩を拝む者が増えていた。

「神の岩だぞ」

「夜中に岩を削るといいらしいぞ」

「何にいいんだ？」

「願いでも叶うんだろ？」

いったい誰が言い出すのか、すでにとんでもないご利益の話まで出回っている。

さっさと片づけてしまいたいが、こんな巨岩はすぐには動かせない。動かしてもどこに持っていけばいいかわからない。置き場所がなければやたらには動かせないのだ。

しかも、何か悪事がからんでいるかもしれない。

「こりゃあ、ますます動かせないな」

と、奉行所から来ていた小者に命じ、周りに綱を張らせることにした。すると、いっそう神々《こうごう》しい感じになってしまった。

「ううむ」

と、竜之助は腕組みして唸《うな》った。

どうしたらいいか、なかなか見当がつかない。これが本当に空からやってきたものなら、それこそ黙って拝むしかないが、人の手によるものなら、調べなければならない。しかも、断然、そっちの可能性が高い。

「旦那……」

と、文治がわきに来ていた。

「なんでえ」

「飛んで来たところを見た者を探していますが……」

と、文治は飛来説のほうに傾いているらしい。

「いねえだろ？」

「いまのところは」

「それよりも、あいつ……」

と、竜之助は視線で文治に注意をうながした。

角に〈小田原屋《おだわらや》〉と看板を掲げた質屋がある。そこのあるじらしき男が出てきていた。

「あいつは店のあるじか？」

「ええ。若いでしょ。まだ二十二、三ですからね」

人が集まるからだろうが、ほくほく顔をしている。なにか、人さえ集まるなら、人が死んでいても喜びそうな顔をしている。

——客寄せのしわざか。

と、一瞬、疑ってしまったが、それならあんな嬉しそうな顔を衆人環視のもとではしない。

「小田原屋ってえ質屋はどういう商売してるんでえ？」

と、近くにいた見覚えのある町役人に訊いた。

「いまのあれは悪党だね。以前は、あそこはよかったんですぜ。前の旦那はきちんとしていたし、町内の者には流しそうなやつでも金を貸してくれたり、そう酷《ひど》い取り立てなんかもやらなかった。いまの代のあれは駄目だね」

「いつごろ替わったんだい？」

「先代が亡くなって三年ですか。あれから、けっこうな数の奉公人がやめさせられました。給金を惜しんで、どんどん減らしましたからね」

いっしょにいた手代らしき男——こっちも若く、せいぜい二十代の後半といったところだろう——が、ちらりとこっちを見た。

背が高く、すっきりしている。だが、視線が鋭い。

「隣は手代だろ」

「ああ、栄吉《えいきち》といいます」

「腰巾着《こしぎんちゃく》かい？」

「違うと思いますよ。あれはしっかりしたやつで、むしろいまのあるじに苦言を呈することができるのは、栄吉くらいじゃないですかねえ」

竜之助の視線を感じたのか、手代は目をそらすように、店の中に消えた。

八

昼にいったん奉行所にもどると、内勤の同心たちがぶつくさ言っていた。与力の高田九右衛門《たかだきゅうえもん》がまたぞろ妙なことを言い出して、同心たちの顰蹙《ひんしゅく》を買っているらしい。

この高田という人は、とにかく南町奉行所に百人ほどいる同心たちを縛りたくて仕方がない。同心のこれまでの手柄から性癖《くせ》、はては自宅でのようすなどを記した通称「高田の閻魔帳《えんまちょう》」を持ち歩いては、同心たちを監視している。

一時は、同心の家柄に福川家などというのはないのではと疑って、しつこく訊かれた。疑うのは当然で、福川家などあるわけがない。前奉行の小栗忠順《おぐりただまさ》が適当にでっちあげてくれた家柄である。まちがえて本当の名を言ったときも、ごまかしやすいだろうと、「福川」というめでたそうな名にしてくれた。

高田九右衛門も、近ごろは詮索に飽きたらしく、とりあえず何も言ってこない。そのかわり、何か妙なことを思いついたらしい。

「妙なことってなんですか？」

と、竜之助は先輩に訊いた。

「わしらを点数で評価すべきだと、お奉行に進言したらしいのさ」

「点数？」

竜之助はさっぱりわからない。

「つまり、手柄を五段階にわけるというのさ。いちばん高いのは、殺しの下手人をあげることで、これが五点。強盗の捕縛は四点。火付け現場の発見は三点。賭博の現場への突入は二点。スリの捕縛は一点……こんなふうにこまかくわかれているのだ」

「へえ。そんなことして、どうするんですか？」

「この合計を出し、毎年、正月に前年度の点数を発表するんだそうだ。褒美《ほうび》も出すが、なにより同心たちを競争させて、やる気をうながそうというらしい」

「点数ですか」

そんなことは竜之助も嫌である。

「まったく、あの高田って人、勘弁してもらいてえよ」

同心たちが猛反対を表明していて、ひとまずは検討項目ということになったらしい。だが、今後どうなるかはわからないという。

そんな話を同心部屋でしていたら、当の高田九右衛門が顔を出した。

「福川。ちょっと」

皆が高田ではなく、竜之助をじろりと見た。

「なんでしょうか？」

「こっちに」

と、廊下の隅に呼ばれた。緊張がこみあげてくる。高田には表情というのがない。口を開けているか、閉じているか、そのどちらかである。こういう顔で近くに来られると怖い。

手には例の高田の閻魔帳を持っている。

「福川、なんだってな、空から降ってきた岩のことを調べているそうじゃな」

「ええ、まあ」

とは言ったが、早耳に感心してしまった。

もっとも、高田は奉行所の外に出ないわけではない。かなりまめに出ている。だが、それは同心たちの、勤務の状況を探るのが目的で、起きた事件について調べようなどという気持ちは毛頭ないらしい。

今度のことも、岩について調べる気はないが、それを調べる竜之助についてはかなりくわしく観察するにちがいない。

まったく変な人である。

「それで弱っているのだ」

と、高田は言った。

「なにをですか？」

「空飛ぶ岩の謎を解いたとして、何点になるかなと思ったのだ」

「何点ですか？」

「うむ。二点では多い気がするが、一点では少ないだろう。なにせ、前例がないのさ。空飛ぶ岩の謎なんて聞いたことがないしな」

「それはそうでしょう」

だが、点数のことなんぞ、どうでもいい。

「では、またその岩のところに行きますので」

「福川、頑張れよ。わしは、そなたには目をかけているのだからな」

と、高田は大きな声で言った。

またも同心たちが竜之助を見た。高田を見ればいいのに、なんだって自分を見るのか。

「けっこうです」

と言いたいが、そうは言えない。

「いや、あの、それは……」

慌てて飛び出した。

九

竜之助はぐるぐる歩き回っている。飯を食う暇もないので、番屋にあったつきたてで柔らかい鏡餅の上に載った餅を黙って食わせてもらった。

町内をくまなく見て回り、周辺にも足を伸ばした。

立ち止まり、腕組みしてつぶやいた。

「動かせるはずなんだよな。あれくらいの岩なら」

現に田安の屋敷の庭で、庭師たちが動かしていた。梃子《てこ》を使えば相当、大きなものでもひっくり返すことができる。

田安の庭の岩は、丸太を並べ、それに沿って動かしたり、もっと長い距離を動かすときは、荷車に載せたりした。だが、あの岩は見事なほど丸い。雪だるまを転がすように、押して歩くこともできるくらいである。

ただ、いくらなんでも、あの巨岩を遠くから運んできたら目立ってしまう。

どこか近くから運んできたのだ。

最初は、坂の上から転がしてきたのかと思った。ここらは、西側が神田明神などがある高台になっている。湯島坂《ゆしまざか》や妻恋坂《つまごいざか》あたりを転がせば、運ぶのは楽である。

だが、逆にそれだと弾みがついて、止めようにも止まらず、大惨事になっていたにちがいない。やはり、平地のほうを運んだのではないか。

くわしく見ていくと、こっちはないだろうというあたりもわかってくる。

まず、下谷御成街道は外したほうがよいのではないか。ここは、夜中でも上野方面から来る人や、吉原帰りの人など、いつまでも人通りが途切れない。

また、南のほうもありえない。そちらは広小路があり、さらに先には筋違御門《すじかいごもん》もある。番人も大勢いる。いくらなんでも、こんなところは夜中にだって通らない。

とすると、代地が多いこの近所か、神田金沢町、神田旅籠町、明神下の御台所町《おだいどころちょう》か同朋町《どうぼうちょう》のあたりも運べないことはない。

すこしでも、石を転がした跡はないか、ていねいに見て回った。

ただ、江戸の道は荷車やらなにやらでえぐれていたりするため、なかなかこれだというのは見つからない。運んだほうも、できるだけ痕跡を消したのかもしれない。

ふたたび歩き出したところで、

「福川さま」

と、後ろから声がかかった。

いかにも利発そうな笑みがあった。

「よう、お佐紀ちゃん」

「さきほどの岩の件ですか？」

「ああ。あんなものさっさとどこかに片づけちまってもいいんだけど、なんか気になってるのさ」

「町内の人たちは、神の岩だから、ずっとあそこに置こうとか言ってますよ」

「そうらしいな。だが、おいらはもしかして、あの岩はどこか近くから運ばれたんじゃないかと思うのさ」

「石屋とか？」

と、お佐紀は訊いた。お佐紀もそれを疑ったらしい。

「いや、石屋はちがったな」

「そうなんですか」

と、がっかりした。

「お佐紀ちゃんも岩の件かい？」

「ちがうんです。本郷の紙屋に瓦版用の紙を注文に行くところです」

なんの気なしにいっしょに歩き出した。

「それにしても、ここらは空き家とかつぶれた店が多いな」

「気がつきましたか」

「ああ」

と言ったすぐわきにも、空き家がある。

「ここんとこ、人の流れが変わったみたいで。あっちの大通りはずいぶん栄えているんですが、こっちはおちぶれる一方。なんか、栄える町と寂れる町が極端になっている気がします」

「なるほど。それだと、店をやってる人は大変だよな」

「ええ。店がつぶれると、若い男とかは気も荒れるし、うちのおとっつぁんなんかも、近ごろ、ここらに与太者が増えてきたって愚痴ってました」

「小田原屋の手代をしてる栄吉ってのは知ってるかい？」

「ああ、栄吉さん。知ってますよ。近所だもの。栄吉さんは与太者じゃないですよ。喧嘩《けんか》は滅法、強かったけど」

「なるほどな」

お佐紀が妻恋坂をのぼって行こうとするので、あわててここで別れた。

ここは岩があるあたりから見ると、北西の方角だが、ここまで来るつもりはなかった。大名屋敷などが並ぶ武家地だったからだ。だが、その一画を過ぎると、また町人地になっていた。

妻恋稲荷の下に出てくる芥坂《ごみざか》という坂道の下である。かつて、ここらにごみを捨てていたというので、この名がついたらしい。

ここは町名で言えば三組町《みくみちょう》である。ここも寂れつつある町であるらしく、人気は少ない。

ぶらりと歩いて、ふと足を止めた。

空き家だが、やけに天井が高そうで、間口も大きい。

「この店はなんだったんでえ？」

空き家の隣で暇そうに日向《ひなた》ぼっこをしている爺《じい》さんに訊いた。

「ああ。ここは材木屋だったんだよ」

大きな間口と高い天井は、材木を並べ、運び出すためだったのだ。

「もう、誰も住んでいねえんだろ」

「いや、いますぜ」

「空き家じゃねえのかい？」

「倅が一人で住んでるよ」

「名前はわかるかい？」

「なんて言ったっけかね。なんか悪そうな男だよ」

と、声を低めて言った。どういうやつか想像できるようなしかめ面だった。

十

よく見ると、爺さんは石に腰かけている。真ん丸ではないが、色合いはなんだかあの岩と似ている気もしないでもない。

「その、座っている石はどうしたんだい？」

「これは、前にそこらから出たらしい。ずっと腰掛石にしてるよ」

「ちっと焼けたようなあとがあるぜ」

向こうの大きな岩にも、焼けたようなあとがあった。

「ああ。ここらは何度も火事で焼けたからな」

「このあたりも代地かい？」

「いや、ここは拝領地なんだ」

と、爺さんは胸を張った。武家地だったのが町人に下げ渡されただけの拝領地が、自慢になるようなことなのか不思議だったが、自慢していることをけなすのはかわいそうというものである。

「大きな旗本屋敷だったんだ」

「ほう」

旗本屋敷の庭なら、あの変な丸い岩があっても不思議ではない。ちょっと変わった御仁《ごじん》が金にあかしてあんなものを庭の真ん中に置いたのではないか。

「ここらは、掘るといろんなものが出るぜ」

と、爺さんはまた胸を張った。

「でっかい岩が出たなんて話は聞かないかい？」

「でっかい岩？」

「ああ」

「それは知らないが、先月だか大雨が降ったのさ。そこの崖がちっと崩れたみたいなことは言ってたな」

と、材木屋の裏あたりを指差した。

「へえ」

道に沿って家が並んでいるが、その裏は崖である。崖下の家は怖いというが、こういうところに限って町人地になるのだ。

崖が崩れ、埋まっていた岩が顔を出した。そういうことは不思議ではない。ただ、それをわざわざ四町ほど離れたあんなところまで運んだというほうが不思議である。

爺さんに別れを告げ、来た道をゆっくり歩いた。

地面をつぶさに見る。道の真ん中に重いものを転がしたようなあとがある。

ふと、人の目を感じた。背中のほうである。

さりげなく振り向いたときはいない。どこかわき道に入ったのだ。

大名屋敷の塀がつづいている。

通りかかった野菜売りに訊いた。

「ここはどなたのお屋敷だい？」

「内藤豊後守《ないとうぶんごのかみ》さまだよ」

角を曲がった。大名屋敷に囲まれた道だが、同朋町のほうまでつづいている。

一カ所、辻番があった。ここは内藤家の辻番だろう。

本来、治安のために頼りになるべき大名屋敷の辻番だが、内実は経費を削減するのに、申し訳程度に年老いた中間《ちゆうげん》を置いているだけだったりする。

この辻番もそっとのぞくと、年寄りがうつらうつらしていた。昼間でもこれだから、夜はさぞかし熟睡しているだろう。

同朋町に入った。

ここらもつぶれた店があった。

もしも、芥坂のところからあの大きな岩を転がしたとして、一晩であそこの四つ角まではつらいだろう。

だが、いったんこのあたりに収めて、もう一晩使えば、あそこまで動かせたかもしれない。

竜之助の脳裏に、人々が寝静まった夜に、丸い巨大な岩が、ごろりごろりと転がっていく光景が浮かんでいた。

十一

つけられているのはわかっていた。

つけたって、どうせ同心が帰るところはわかっている。まさか奉行所まで追いかけてくるつもりはないだろう。

襲ってくるのか。

だとしたらかなりの悪党だし、やつらがやろうとしていることも相当な悪事だと見当がつく。

——わざと襲わせるか。

妻恋坂下を見てまわり、日暮れになるのを待った。

いったん番屋で提灯《ちょうちん》を借りてきて、暗くなったところで灯をともした。二十九日の夜の闇は濃く、それこそ鼻をつままれてもわからない。

疲れた足取りを装って、妻恋神社に入った。境内に人気はない。

わざと裏に行き、

「疲れたなあ」

と、情けない声を出した。

一人ではない。二人……いる。

気配だけは感じているが、どういうやつかは確認していない。雇われた用心棒かもしれない。

町人とは限らない。腕の立つ浪人者が二人かもしれない。

――あんまり舐《な》めてはいけない。

と、言い聞かせる。

ざざっと反対の草むらが動いた。

――ほおら、予想しないところから出てきた。

さらに、同時に反対側からもきた。

竜之助は前の地面に転がった。

蹴りを入れてきた足がかすめた。

喧嘩なれしている。動きに逡巡《しゅんじゅん》がない。

冷たい小さな光が二つ湧いた。刃物の光だった。

突いてくる。足を送り、右、左に二つの刃物をかわす。

二人の動きはいい。なまじの武士より強い。度胸もある。

町人相手に刀は抜きたくない。馬鹿にしているのではない。武士が子どものころからなじんできた武器を振り回すのは卑怯《ひきょう》というものだろう。

といって、素手で相手ができるほど生易しい相手ではない。

腰の十手を抜いた。

突いてきた刃物を払った。

カキン。

と、闇に鋭い音が響いた。

もうひとつ。こっちは巻き上げるようにしたので、刃物が敵の手を離れて飛んだ。

「ちっ」

と、舌打ちする音がした。

ざざっと草むらにもどっていく。枯れた草が乾いた音を立てる。

どっちか一人を捕まえよう。そう思って、竜之助も草むらに入った。

だが、二人はさらにその先へ飛んだ。急に気配が消えた。

その先は崖なのだ。この暗さである。下に何があるのかわかっていないと、危なくて飛べない。

——しまった。

せめて、大名屋敷の裏あたりで襲わせればよかった。

竜之助は闇の中に立ち尽くした。

十二

翌朝は一年の最後の一日だった（旧暦なので大晦日《おおみそか》は十二月三十日である）。

福川竜之助は早くから四つ角の丸い岩のところにやって来て、じっくりと周囲を見た。

昨夜はほとんど眠れず、もしもここに岩を置くとしたら、どんな意図が秘められているのかを考えつづけた。

最初は、この岩で通せんぼでもするつもりかと考えた。

だが、邪魔ではあるが通行できないというほどではない。

逆に、こっちに通行人を集め、どこかを死角にしようという狙いかとも考えた。こちらはまだ否定できない。

なにはともあれ、この場所が重要なのだ。

北東の角に質屋の小田原屋がある。

小田原屋の入り口は角ではなく、角にあるのは頑丈な蔵のほうだった。

蔵には窓もあった。だが、上のほうにあって人の背丈ではとても届かない。鉄格子も嵌《は》まっていた。

ほかに窓はないのかと見ると、こちら側のちょうど真裏にも一つあった。

——この岩で蔵でも破るつもりだったのか。

とまで考えたが、いくらなんでもそんな大騒ぎをつくる泥棒はいそうになかった。

南東の角は下駄屋だった。

下駄屋も寂れかけていたが、急遽、下駄の板に丸い焼き印を押し、「空飛ぶ岩の下駄」というのをつくったらしい。店頭に並べてある。

「これは売れたかい？」

と訊くと、昨日は三足ほど売れたという。

「物好きな人もいるもんだな」

そう言ったら、

「ご利益があると言ったら買ってくれるんで」

と、下駄屋のおやじは機嫌よく笑った。

北西の角は鍛冶屋《かじや》だった。無口なおやじで、こちらの騒ぎをよそに、トンカン

トンカン釘抜きらしいものを叩いていた。

空飛ぶ岩はここの商売にはまるっきり役に立たず、早く片づけてくれという要求がいちばん強いのも、この鍛冶屋だと番屋の番太郎が言っていた。

南西の角は空き家になっていた。

この四軒のうちに、なにかが潜んでいるような気がする。

――大晦日の今宵も、ここは野次馬でけっこう賑わうのだろうか。

そう思っていると、

「福川さま」

と、文治がやって来た。

「おう、いたかい？」

人を探してくれるよう頼んでおいた。小田原屋をクビになった手代がここらにいたら連れてきてくれと。

「いました」

文治の後ろに、二十代半ばの、生真面目そうな若者がいた。

「ここじゃなんだ。そっちの水茶屋にでも行こう」

と、御成街道沿いの水茶屋に入った。

火鉢に手をかざしてぬくもる。熱いほうじ茶がうまい。

「クビになったんだってな」

と、訊いた。

「ええ。ひでえ野郎ですぜ。てめえの代になったら、景気が悪くなったんで、次から次にクビにしやがったんで。てめえが、ここらの人から信用されなくなったからっていうのがわからねえんですよ」

「栄吉が残ってるのは、あるじに気に入られてるからかい?」

「いやあ、どうですかね。栄吉さんが急にいなくなったら困るからでしょうが、でも、栄吉さんは、おいらもそのうちクビになるって言ってましたがね」

「そうかい」

「でも、栄吉さんまでやめたら、小田原屋はつぶれますね」

「ずいぶん信用があるんだな。ちっと見たときは悪そうな感じがしたがね」

「悪いというのとは違いますよ。ただ、度胸がありすぎるんでしょうね。昔から喧嘩も強かったし」

「喧嘩がな」

昨夜の襲撃者を思い出した。

あの二人なら、喧嘩でもさぞかし強いだろう。

だが、栄吉は背が高い。昨日の二人はがっちりして短軀《たんく》だった。栄吉でないのはわかっている。

「栄吉に悪いダチがいるよな」

と、竜之助は言った。これはほとんど勘のようなひっかけである。

「ああ、盛蔵《もりぞう》のことかな。それとも洋《よう》ちゃんのことかな」

「洋ちゃんは背は高いかい？」

「ああ、高いよ」

「盛蔵は？」

「背は低いですが、がっちりしてます。あ、もう一人、盛蔵の友だちで背が小さくてがっちりしているのがいます。たしか為助《ためすけ》とかいったな」

「盛蔵と為助もここらのやつかい？」

「盛蔵は向こうの三組町の男です」

「三組町。もしかして、材木屋の倅か？」

「ああ、そうです。近ごろは、小芝居の裏方になって、舞台の裏で太鼓を叩いたりしてるらしいですが」

「そうか、太鼓か」

ひゅぅ、どろどろどろという婆さんの口ぶりを思い出した。

「昔は栄吉さんと睨《にら》み合ってたんです。何度か喧嘩もやったんじゃないかな」

「どっちが強かったんだい？」

「いい勝負で決着はつかなかったみたいです。盛蔵も力がありますから。それでしまいには仲良くなったんです」

「仲良くな……」

竜之助は小さくつぶやいた。

十三

文治にはもう少し聞き込みを頼み、竜之助はまた、空飛ぶ岩のところにもどった。

小田原屋は今日も店を開けている。

年末は質の出し入れも多いのだろう。手代の栄吉が、持ち込まれた質草を熱心に鑑定していた。

別の手代が借金取りにでも出るところらしい。

あるじが出かけようとする手代を引きとめ、着物を調べていた。帯をとかせ、下手をすればふんどしまで調べるほどの勢いである。なにか、質草を持ち出してはいないか確認しているのだ。

——若いくせにせこい野郎だぜ。

だが、ああいうことをされちゃ、逆に持ち出したくなるのではないか。

夕方近くなって、文治がやってきた。

「福川さまの睨んだとおりですね」

「ほう、やっぱりね」

「栄吉と盛蔵は仲良くしているみたいですが、本当は違うんじゃないかというやつがいました」

「ふむ」

「栄吉ってのは信頼が厚いです。だが、盛蔵のほうは、仲間を裏切るやつだという評判もありました」

「なるほどな」

「旦那。なんか見えてきたみたいですね」

「そんなことない。まったく見えてねえよ」

「今年の最後ですぜ。旦那の大手柄で、今年を締めたいものですね」

と、文治は言った。

「手柄も空から降ってこねえかな」

竜之助は上を見た。見たあたりに、小田原屋の蔵の窓があった。

十四

大晦日の夜が近づいていた。

竜之助は夕方大海寺にやってきて、一刻(四時間)ほど座禅を組むことにした。

今日もさびぬきのお寅は来ていて、竜之助の斜め前あたりに座っていた。

お寅も多くの煩悩《ぼんのう》を抱えこんでいるのだろう。

江戸の町人たちは一見、能天気である。

何も持たず、欲しがらず、欲に振り回されない。毎日を楽しく、暢気《のんき》に過ごす。そんな町人たちの暮らしは一つの禅の境地ではないか――竜之助はそんなふうにまで思ったことがある。

だが、あいにく理想郷がこの世にあるわけはない。

老いや病からは誰も逃れられるわけがなく、飢えや寒さも絶えず襲いかかる。欲もあれば見栄もあり、嫉妬《しっと》にも苦しめられる。

江戸の名物とも言われる喧嘩は、遊びではない。人同士の怒りや憎しみから生まれているのだ。

そして、隅々まで支配する諦めと絶望。町人たちの明るさは、そうしたものに負けまいとする、必死の抵抗なのではないだろうか。

除夜の鐘が鳴り出した。小坊主の狆海が撞《つ》いているのだろう。

大海寺の鐘の音は悪くない。意外に荘厳である。これを聞いただけでも、座禅修行はよかったかもしれない。

煩悩が払われていくような気もする。

だが、ほんとにそうなのかは自信がない。

目を開けた。

「では、わたしはここで」

と、竜之助は立ち上がった。

「なんだ、そなた。ちっとも煩悩が払われておらぬぞ」

雲海は竹刀を振ってみせる。なんで竹刀なのかと思う。警策《けいさく》というのがあるではないか。
「そうですか。では、また、戻ってきます」
竜之助はそう言って、大海寺を出た。空飛ぶ岩のところまでやって来た。小田原屋
払い切れない煩悩を抱えたまま、空飛ぶ岩のところまでやって来た。小田原屋
をはじめ四つ角のうち三つの角にある店は皆、閉まっていた。
人通りも、思ったよりは多くない。ただ、ときおり表通りから入って来ては、
空飛ぶ岩を拝んで行く人がいた。
「来年はもっとわらじが売れますように」
「どうか、足の痛みが消えますように」
祈りの言葉を聞くと、空飛ぶ岩は足に関するご利益があるらしい。
竜之助は、四つ角を離れ、もう一つの蔵の窓が見える裏手の路地に来た。
こちらはほとんど真っ暗である。かすかに、表通りの常夜灯の明かりがこぼれ
てくるくらいで、もちろん人気など、まったくない。
半刻（一時間）ほど待った。
待つというより、座禅のつもりでいた。
蔵の窓のあたりで、なにかが動く気配があった。

ひゅん。

と、音がした。矢が射られ、斜め向こうの家の窓に入った。

矢には細い縄がついていた。

すぐにそれがぴんと張った。

つづいて、巾着袋のようなものがつつっと縄を走った。

竜之助は飛び出し、

「たぁっ」

剣を閃《ひらめ》かせた。縄がぴしっと切れた。

落ちてきたそれを手で受け止めた。ずっしりと重い。竜之助でなかったら、腕を折っていたかもしれない。

次に、矢が飛び込んだ家に近づいた。

窓から見ると、小さな明かりがある。のぞくと、婆さんが猿ぐつわをされて横になっているのが見えた。

戸に手をかけて開けると、黒い影が突進してきた。

これを十手で叩き、蹴りを入れた。

むふっと声が洩《も》れたが、這うように逃げていく。

さらにもう一つ、影が出てきた。これは悲鳴のような声を上げて逃げた。

竜之助は家に飛び込み、婆さんの猿ぐつわと後ろ手に縛った縄を解いた。

「もう、大丈夫だ。あとでまた来るからな」

「ありがとうございました」

竜之助はすばやく、さっきの蔵の窓の下に行った。

「まだそこにいるか、栄吉？」

と、竜之助は上を向いて声をかけた。

しばらくためらったらしい沈黙のあと、

「へい」

と、返事がした。

「あの大きな岩を持ってきたのは盛蔵と為助だったんだぜ」

盛蔵の家の裏から出現した丸い岩を、栄吉が進めていた企みの前に置いた。力のある若者が梃子を使ったにせよ、さぞかし重かっただろう。

「え……」

「やっぱり知らなかったかい」

「なんでそんなことを？」

「盛蔵の裏切りなんだよ」

「裏切り……」

「さっきの、あんたが放った矢は、ほんとはそっちの四つ角の空き家の窓に撃ち込むことになっていたんだよな」

「……へい」

「同じ要領で巾着袋が縄をすべり、先に小田原屋をクビになっていたあんたの仲間たちが受け取る手はずだった。ところが、盛蔵と為助が運んできたあの岩のおかげで四つ角の空き家は死角になっちまった。蔵の窓から矢を撃ち込めない。しかも、岩には夜じゅう誰かがお参りにまで来る始末だ。空き家で金を受け取ることになっていた仲間たちとも相談して、やっぱり今夜はやめようということになったはずなのに、盛蔵が急遽、裏手のさっきの家に変更することにした」

「そうです」

「あそこは空き家じゃねえぜ。さっき、婆さんが猿ぐつわを嵌《は》められて転がされていた」

「あの野郎」

「盛蔵と為助があんたと仲間たちを裏切って、この金を横取りして逃げようって魂胆だった。もちろん、失敗したがね」

竜之助は、垂れていた縄の先に、その巾着袋を結んだ。

「こいつは引き上げてもどしておきなよ」

「……」

「ちっとずつ蔵の隅にでも貯め込んだのかい。あのあるじの監視があるから、外に出すのは容易ではねえからな。でも、大晦日の夜だけは、あるじ以下、皆がへべれけにでもなるんだろ。その隙に、仲間に手伝ってもらって、この金を移すつもりだったんだよな。仲間たちで新しく商売でも始めるつもりだったかい?」

しばらく沈黙があり、

「いま、そちらに行って、お縄になります」

と、栄吉の声がした。

「なんで、お縄になんかなるんだい、ならなくていいんだよ」

と、竜之助は言った。

「いま、なんと?」

栄吉の怪訝《けげん》そうな声がした。

「だって、なんにもなかったじゃねえか。金だってまだ盗まれちゃいねえよ」

「でも、あの大きな岩が証拠ですよ。あれはいまさら隠しようがねえ。旦那だってあの岩から、この悪事まで探り当てたんでしょう」

たしかにそうである。四つ角に巨大な岩が置かれる意味を探って、ここまでたどり着いた。

竜之助はふうっとため息をついた。

「いや。おいらはあの岩はやっぱり空から飛んで来たような気がするのさ」

「え？」

「栄吉。おいらにはおめえの気持ちもわかるよ。小田原屋の若いあるじは馬鹿だもの。でも、なんかやり方が違うんじゃねえのかい。もう一度、あのあるじをどやしつけてでも、真っ当な商売を教えてやりなよ」

「旦那は見逃すっておっしゃるんで？」

「見逃すだって？　馬鹿言うなよ。そんなだいそれたことが、見習い同心なんぞに、できっこねえだろ。ただ、この岩が空から飛んで来たものだったら、おいらにはどうすることもできねえだろ」

「…………」

「いくら考えたって天空の謎は解けねえんだから」

「ありがとうございます」

喉の詰まったような声が上から落ちてきた。

しないで済んだ悪事をわざわざ引っ張り出すことに意味はないだろう。

盛蔵と為助の場合は、ちょっと悪さが過ぎている。下手したら、竜之助は妻恋神社の裏で刺し殺されていた。こっちは見逃す訳にはいかない。

どうせ、あいつらは叩けば埃が出るはずである。この岩とは関係ないことでしょっぴいてやるつもりだった。

「あ、栄吉、見てみなよ。ほら、また、空飛ぶ岩が落ちてくるぜ」

大晦日の夜空を、長く尾を引きながら、白い清冽《せいれつ》な光が横切っていった。

第三章　帰ってきた大人

一

徳川竜之助が、空飛ぶ岩の一件をいちおう解決して奉行所にもどってくると、夜勤の同心が具合が悪くなったと騒ぎになっていた。疲れが出て風邪を引き、ひどい熱が出てきたようだ。赤い顔をして、苦しそうに息をしていた。この同心を宿直《とのい》用の部屋につれていって寝かせ、夜勤は竜之助が引き受けることになった。もともと年末年始は立って寝るくらいの覚悟である。それくらいどうということはない。

同心部屋の火鉢には炭がかんかんに熾《お》きている。

手をかざして座っているうちに、いつの間にか横になって寝込んでしまった。

意気込みはあっても疲労は溜まっている。

「福川さま、福川さま」

「ん？」

「そろそろ夜が明けますよ」

夜勤の中間が肩をつついている。

「あ、そうだ」

と、飛び起きた。明るくなってきたら、声をかけてくれと頼んでおいたのである。

「おう、拝まなくちゃ。初日だ、初日だ」

中間といっしょに奉行所の前の広場に出た。

寒いことは寒いが、朝の清々しさがある。

築地の方角が赤く輝き出していて、すぐにお天道さまの頭がのぞいた。それがゆっくりと昇ってくる。

真っ赤な初日の出である。

「こんなに赤い初日の出というのも見たことがないですね」

と、中間が言った。

「そうなのか」

「縁起がいいのか、悪いのか」

「いいに決まってるじゃないか」

と、竜之助は快活きわまりない声で言った。

去年までは、初日など、ずいぶん遅くなってから拝んでいたような気がする。白く濁りはじめたような初日である。しかも、どこかうんざりした気分で、おざなりに拝んでいた。

今年は身体こそ多少疲れてはいるが、気分は爽快である。

大きな音を立てて柏手を打ち、本気でいい年になってくれるよう祈った。

「福川さまはいい性格をしていらっしゃいますねえ」

何を思ったのか、中間は竜之助をまぶしそうに見てそんなことを言った。

「いい性格？」

「はい。いかにも溌溂《はつらつ》となさっていて」

「それは好きな仕事をしているから、毎日が楽しいだけなんだよ」

「同心の仕事がですか？」

「もちろんだよ」

「嫌々なさっている方もおられますが、福川さまを見習ってもらいたいですね」

「あっはっは。それはきっと、おいらがなんにもわかっちゃいねえからなのさ。さて、今年最初の巡回に行くとするか」

「え、もう行くんですか」

「ああ」

と、供もつれず、竜之助は江戸の町にとびだした。

江戸の正月は、大半が寝正月である。

年始に動き出すのは、昼ごろになってからだと聞いている。

八丁堀には年始の挨拶に岡っ引きたちが押しかけてくるらしいが、どうせ見習い同心の竜之助のところなどひっそりしたものだろう。

京橋から南伝馬町《みなみでんまちょう》、中橋《なかばし》広小路へと大通りを歩く。

どこも店はまだ閉まっている。明け六つ（午前六時）過ぎて表戸が開く音がないのは、正月だけである。

一軒だけ開いている店があって、見ると凧《たこ》の問屋だった。元旦から盛んに歩き回る物売りは、凧売りくらいである。いまから江戸の方々に散っていくのだろう。

日本橋を渡る。さすがに人気はほとんどない。いつもなら、肩をぶつけずに歩くのが大変なくらいだから、逆に妙な感じである。

竜之助は北にまっすぐ歩く。いつもなら路地を出たり入ったりするが、正月はまっすぐに歩きたい気分である。

神田のほうまできて、ふと左に曲がりたくなった。左に二、三町行けば、三河町、一丁目には霧野親子が住む長屋がある。

——新年の挨拶に行くか。

と、思いついたのである。

すると、まさ江のやさしげな笑みが浮かんだ。

——あんな人がわたしの母だったらいいのだが。

などと思ってしまった。

だが、あの人が母であったら、それこそ理想を絵に描いたような母ではないか。きれいで、やさしくて、子のために尽くして……。絵に描いたような人間などいるはずはないと思いつつ、どうしてもそういう人を期待してしまう。

やっぱり今日も座禅に行かないと駄目かもしれない。どこか心が弱くなっているのだろうか。

霧野親子が住む長屋の前に来た。三軒長屋の真ん中が、霧野家である。

少しためらっていると、ふいに腰高障子が開き、まさ江が出てきた。正月にしては暗い顔をしているのが気になった。

「あ、これは」

と、竜之助はちょっと慌てた。

「まあ、福川さま」

やさしげな笑みが広がった。

「たまたま巡回で通りかかりまして、お寄りしようかどうしようかと。ご迷惑ですよね」

「とんでもありません。いま、雑煮をつくって食べるところでした。どうぞ、お入りになって」

じつに気のおけない感じの誘いである。

「じゃあ、遠慮なく」

と、言ってしまった。

中に入るとすぐ、

「明けましておめでとうございます」

全九郎がきちんとした姿勢と身なりで挨拶した。

「おめでとうございます」

竜之助はいつもの同心姿でいささか肩身が狭い。

「どうぞ、お座りください」

と、すぐに竜之助の分のお膳も並べられた。

お屠蘇《とそ》は巡回の途中なので口をつけるだけにして、さっそく雑煮をいただくことにした。

身体が冷えているので、温かいものが食べたい。

「さあ、召し上がってください」

「はい」

と、椀のふたを取った。

「ほう。これはうまそうだ」

ここの雑煮は、田安家の雑煮とはまったく違う。

もっとも、雑煮などというのは、各藩や家などでずいぶん違うものらしい。

霧野家の雑煮は、餅が丸い。味噌仕立てである。だが、味噌仕立ての雑煮も意外に多いとは聞いたことがあった。

ただ、霧野家の雑煮はもっと変わっていて、その隣に黄な粉が置いてある。餅を取り出したとき、この黄な粉にちょっとつけて食べるのだ。雑煮の餅が、そこから抜け出して、安倍川餅《あべかわもち》に変身してしまう。忍者のような餅である。

竜之助は内心驚いたが、全九郎はごく当たり前の顔で食べている。あまり驚いたりしては失礼だろうから、竜之助も当たり前の顔をして食べた。

ところが、これがうまい。

甘さと辛さが混じりあい、たまらなくうまい。竜之助の好みの味である。あんまりうまいので、三杯もおかわりしてしまった。

「ごちそうさまでした。素晴らしくおいしかったです」

「恐れ入ります」

腹がくちくなって、竜之助は遠慮がちに家を見回した。

たぶん四畳半と六畳がいっしょになったくらいの部屋なのだろうが、畳がないのでよくわからない。道場の一部のような家である。

「何もない住まいでして」

と、まさ江が恥ずかしそうに言った。

「そんなことより、全九郎さん。外へ行ってみないかい」

と、竜之助は全九郎を誘った。顔の色が不健康な感じがするのは、まったく日に焼けていないからだろう。外が苦手らしいので、正月には初詣にでも全九郎を誘ってみようと思っていたのだ。

「いや、わたしは」

と、全九郎はふいに硬い顔になった。

「そうよ、全九郎。福川さまに連れて行ってもらいなさい」

「正月の町はさっぱりして気持ちがいいよ」

「駄目なのです」

と、きっぱりと言った。

「そうなのかい」

「母上もいまさらそれはないでしょう」

素直そうな全九郎がめずらしくきつい顔になった。

「そうですね。福川さま、この子は外が駄目なのです」

「外が駄目とは？」

どういうことなのか、竜之助にはわからない。

「外というのは限りがないでしょう」

と、全九郎は自分で説明するつもりらしい。

「限りが？」

「はい。家の中なら壁があり、天井があり、床があります。だが、外というのは境目がありません。とくに空です。何もない。あの中に落ちていくような気分になるのです。それが、わたしにはどうしようもなく怖いのです」

「ほう」

身上についてははっきり聞いていないが、おそらく霧野家は武家だったはずである。そうであれば全九郎も、外が怖いなどという心の弱さをずいぶん叱られたはずである。

「それでも武士か」

といった厳しい言葉で。

全九郎がそうした言葉をどのように嚙みしめてきたかを、竜之助は知らない。

だが、それは途轍《とてつ》もなくつらい日々だったことだろう。

——おそらく心の病なのだ。

と、竜之助は思った。病であるから、叱ったりしても、ますますひどくなっていったはずである。

全九郎は、憮然《ぶぜん》とした顔でうつむいている。日を浴びたことのない、真っ白な肌が、かすかな怒りの色をたたえはじめていた。

二

腹ごなしに本郷まで足を伸ばし、大海寺の雲海和尚と狆海に年始の挨拶をしてから、奉行所にもどった。

元旦の日の当番の同心たちが出てきている。与力のほうでは、高田九右衛門が元旦そうそう当番になったらしく、閻魔帳《えんまちょう》片手に玄関のところにいた。

「よう。福川」

「おめでとうございます」

「うむ。大晦日から元旦と徹夜だそうだな。これは点数がつくからな」

「いや、そんなことはどうでも」

「空飛ぶ岩のことはどうなった？」

「はい。あれはどう調べても、空から飛んできたとしか思えないのです」

「そうか。わしもそうだろうと思っておったのさ。なに、あの手のことは、そうだとわかればいいのだ。それで点数にはなるから」

どうやっても、点数にしないと気がすまないらしい。

「疲れただろうから、少し八丁堀の役宅で休んでこい。雑煮も食わなければならぬし」

「少しですか」

「うむ。何人かが風邪で倒れているので、休んだらすぐに出て来てくれ」

「わかりました」

と、奉行所の門を出た。門番の中間は、朝方の中間とは違っていて、ひどく偉そうに元旦の町を睥睨《へいげい》していた。

八丁堀の役宅に帰る途中、楓川《もみじがわ》にかかる海賊橋《かいぞくばし》のたもとのところで、町人たちのうわさ話が耳に入った。

「神隠しが……」

との言葉に思わず足を止めた。

このあたりの住人は、のべつ通り過ぎる奉行所の人間に慣れ切っていて、同心がいるからと声を低めるなどということはない。

橋の欄干に手をつき、川面《かわも》を眺めながら話をしている。

「坂本町《さかもとちょう》でかい?」

「そうだよ」

坂本町というのは、八丁堀の内側にある町人地である。

「二人つづけて？」

「すぐ近所のガキ同士さ」

「いっしょにさらわれたのかね」

「おそらくな」

「いつのことなんだよ？」

「一昨日《おととい》だよ……」

二晩、帰らないことになる。この寒空の下、子ども二人が外で夜明かしなどできるわけがない。

「ちょっと、待て。それは本当のことか？」

と、竜之助はつい声をかけた。

「あ、同心さま。はい。嘘なんかじゃありません……」

と、くわしい話を聞いた。

いなくなったのは、同じ町内に住む船頭の倅の金助《きんすけ》と、魚屋の倅の勇吉《ゆうきち》という子どもらしい。

「やっぱりもどらないので、今朝になって奉行所のほうに届けたそうです」

さっき奉行所にいたときは聞いていない。知らせが行き違いになったのだろう。

当番の同心が出ているらしいが、竜之助が行けば、どうせこの手の面倒な事件はこっちに回ってくるような気がする。

「では、あとで番屋に顔を出してみる」

そう言って、ひとまずそこを離れた。

三

「まあ、若さま。大晦日に徹夜だなんて、おかわいそうです」

やよいは新年の挨拶をしたあと、暢気《のんき》そうに言った。

「なあに、どうってこたぁねえさ」

思い切りべらんめえ口調で言った。高田九右衛門から、「そなたのべらんめえは何か変だな。付け焼刃みたいな感じがする」と言われたことがある。あの御仁《ごじん》は、妙なところで鋭いから、危なくて仕方がない。

お屠蘇は眠くなりそうだから、すぐに雑煮にすることにした。

「おう、雑煮だ、雑煮だ」

思わず喜びの声が出る。やよいのつくる雑煮は田安家のすっきりしたしょうゆ味の雑煮で、竜之助にはやはりこれが雑煮という感じである。

「うむ。うまい、うまい」

「おいしいでしょう」

と、やよいは謙遜ということはあまりしない。自信があるものは、はっきり自慢する。そこらはさっぱりして気持ちがいい。

霧野家で食いすぎてしまった。だが、そこは若さである。ついおかわりをしてしまう。

二杯目のとき、

「黄な粉は使わないのか」

と、訊《き》いた。

「黄な粉でございますか?」

やよいは首をかしげた。

「うむ。わきに置いて、ちょっとつけて食べると、これがうまかったりするのだ。いや、そなたの雑煮がまずいと言っているのではないぞ」

「はい。わたくしの料理はおいしいですから」

「そうなのだが、ちっと変わった食べ方もあるということでな」

竜之助は気にもしない。

「若さま」

棘《とげ》はないが、怪訝《けげん》そうな響きがある。

「ん？」

「そんなお雑煮を、どこかで召し上がったのですか？」

「まあな」

余計なことを言ってしまったと、やっと気づいた。やよいの雑煮があることがわかっていて、よそで食ったことになる。気を悪くしたかもしれない。

「どこで？」

「なあに、巡回先でちょっと立ち寄ったところでな」

これは嘘ではない。巡回の途中、三河町を回ったのだ。

嘘は言わないようにしている。嘘をついたとき顔がひくひくするので、絶対にばれるだろうと思うからだ。

だから、都合が悪いときは、本当のことを少し言うようにしている。

やよいがあれこれ訊きたそうにしているので、

「そうだ。すぐに坂本町の番屋に行かなければならないのだ」

と、立ち上がった。

四

家を出ようとしたとき、文治が年始の挨拶に訪ねてきた。いつの間にか月代《さかやき》も剃りあげ、新品らしい着物を着て、やたらと正月らしい。腰にはさんだ十手までもが、いつもよりぴかぴか光っているような気がする。

「福川さま。今年もよろしくお願いいたします」

「こちらこそ」

「やよいさまもおめでとうございます」

見送りに出てきたやよいにも挨拶をした。

歩き出してすぐ、

「なんだかやよいさまはご新造さまみたいですね」

と、文治は言った。

「言うなよ、そういうことを。その気になったら大変だろうが」

「そうですかい、お似合いのような気もしますが」

「よせ」

「いや、やっぱりお佐紀のほうが似合うかな」

「なにを言うか」

「やよいさまか、お佐紀か。迷いますね」

文治は腕組みして言った。お前が迷ってどうすると思う。

番屋に行くと、すでに奉行所から当番の同心が来ていた。たしか、ふだんは小《こ》石川《いしかわ》の養生所に詰めている人である。

途方に暮れたような顔をしている。

だが、竜之助を見ると、途端に嬉しそうになり、

「よかった、よかった。捕り物の若き名人が来てくれたぞ。もう安心だ。すべて、福川にまかせるよ」

と、調子のいいことを言って、帰ってしまった。

「なんだろう、あれは」

さすがに竜之助も、あれはないだろうという気持ちになる。

「ちょっとひどいですね」

と、文治も唖然《あぜん》としている。

だが、町役人と番太郎が一人ずつ、これもぼんやりした顔になっている。

よほどおかしなことが起きたのだろうか。

「じつは……」

と、町役人が口を開いた。

意外な話が待っていた。

「金助というほうが、帰ってきたんです」

「それはよかったじゃないか」

もう一人もまもなくもどるのではないか。

大方、二人で師走のごった返す町に出て、迷子にでもなったのだろう。

「ところが、変なんです。出たときは七歳のちび助だったのですが、大人になって帰ってきたのです」

「……」

文治と顔を見合わせ、さすがの竜之助も呆《あき》れた。

なかなか言う言葉が見つからず、やっと、

「それは人違いだろう。馬鹿なことを言うなよ」

と、言った。

「いや、それが本当なんです」

「どう本当なんだよ」

「顔が似てるんです。あたしも見てきましたが、赤の他人じゃあれほどは似ません」

「似たやつが来たのだろう？」

「金助は、頬っぺたのここのところに黒子《ほくろ》が二つ、並んでいたそうです。大人の金助のほうもあるんです」

「ほう」

「それで、なによりもごまかしようがないのは、子どものときの話を全部、正確に覚えているんです。親がなにを訊いたって、ちゃんと答えるそうです。あればっかりは、どうやっても嘘はつけませんよ」

と、町役人までその話を信じているらしい。

「信じられねえな」

竜之助がそう言うと、文治もうなずいた。

「ですが、家族全員が本当に金助だって言うんですから。金助のおやじもおふくろも、七つ上の兄貴も、間違いないと」

「おい、大丈夫か、その家族は？」

「へい。とくに変な家族ではないみたいです。おやじは小さな船を一艘持ち、荷揚げの仕事などで忙しく働いています」

「そんな馬鹿なことがあるもんか。天狗にさらわれたような話じゃねえか」

「ですから、きっとその天狗にさらわれたんですよ」

「……」

さっきの同心が、逃げるように帰ってしまった気持ちがようやくわかった。

五

やよいは、田安家の支倉辰右衛門を訪ねていた。

田安家は大勢の年始の客でにぎわっていたが、敷地内にある支倉の私邸に通された。数人いる用人たちの長屋の一角だが、そこは広さといい、つくりの立派さといい、町人たちの長屋とは比べものにならない。

「なんと、雑煮のわきに黄な粉だと」

お屠蘇気分で赤い顔をしてやって来た支倉だったが、やよいの話に目を丸くした。

「はい」

「その雑煮はたしか……」

「はい。柳生の里ではたしかそうした雑煮を食べると聞いております」

と、やよいは低い声で言った。

いくら支倉の私邸とはいえ、油断は禁物である。

「なぜ、若さまが柳生の里の雑煮を？」

「巡回で立ち寄った先でごちそうになったとか」

「雑煮を食べたというなら今日のことではないか」

「おそらく」

「そういえば、このあいだ、妙なことをおっしゃっていた」

と、支倉は腕組みをした。

「なんと」

「昔、田安家の奥女中にまさ江とかいう女はいなかったかと」

「それで？」

「いや、たいがい女たちが奥女中に入るときは別な名をつける。だから、いたとしても別の名になっていたはず。やよいにしても本当の名は……」

「支倉さま。どうして、そういう余計なことを」

やよいの眉《まゆ》の端がきゅっと上がった。

「いや、これはすまなかった」

「そのことはおっしゃってくださいませぬよう」

「うむ。わかった」

「それより、由々しき事態ですよ」

と、話をもどした。

「たしかに」

「すでに柳生の里が動き出しているとは聞いています。ついに若さまの身辺に迫ったのでしょう」

「もしかして」

と、支倉の顔からとぼけた味わいが消えた。

「なんでしょう？」

「柳生の連中なら、若が母君がいないまま育ったことなども知っているかもしれない。そこで、若の母君だと装って近づいたのでは」

「まあ」

「若もそれだと油断してしまう。虚を衝かれることもあろう」

それこそが、新陰流の達人である竜之助の、唯一の弱点ではないか。

「どうしましょう、支倉さま」

やよいが居ても立ってもいられないという顔をした。

「わしは、あのお方と会わなければならぬかもしれぬな」

と、支倉がぽつりと言った。

六

スリの巣窟とも言われる巾着長屋にも正月はやってきた。霧野の長屋があるところと同じ三河町だが、こちらはずっと奥に入った裏町で、佇《たたず》まいもだいぶ違っていた。

お寅はちょっと遅めだったが、長屋の前に出て、初日の出に柏手を打った。

雑煮をつくり、長屋のみんなにふるまった。

お寅の雑煮も澄まし汁で、小さく切った餅と野菜や芋などがいくつか入っている。

お膳が三つずつ、二列に並び、六人が座っている。お寅の席はその正面にある。

新年の挨拶を終えて、

「さあ、お上がりよ」

「へい」

と、一同うなずくが、元気はない。

年末に仲間を二人失っていた。

「元気出しなよ。あの二人はちゃんと仇は取ってもらったんだ。成仏できたんだからね」

「それはわかってますけど」

「ほら、しっかり食って。明日は初荷でにぎわうんだ。稼ぎどきだよ」

皆、急《せ》かされて食べはじめた。

「あ、うまい」

「いい味ですねえ」

賞賛がつづいた。

「お寅姐さんの雑煮は、なんかこう上品な味だよな」

「おや、そうかい」

「おらの田舎の雑煮は、これでもかっていうくらい具を入れるんだ。ごった煮だよ。でも、姐さんのはほら、どれも品がいいよ」

「上品なものをうんと食って、上品になり」

「そりゃ無理ってもんだ」

このやりとりで、ようやく座に正月らしい笑いが広がった。

食べ終えて、みんなはそれぞれの家に帰っていった。

つくるのはいいが、片付けが面倒である。

井戸端にうっちゃっておけば、誰かがやってくれるかと、お寅は煙草に火をつけた。煙草は大好きである。酒より好きかもしれない。

そのとき――。

腰高障子がゆっくりと開いた。

まぶしいほど白い羽織を着た、初老の男が姿を見せた。

いつもはふてぶてしくさえ見えるお寅の顔が歪《ゆが》んだ。

「そなたは支倉辰右衛門」

「おひさしぶりにございます、お寅さま」

「どうして、ここを」

「お寅さまの行くところは、いつも確かめさせていただいてますので」

「どうせそうだろうと思ってたよ」

「いざというときはお助けしようかと」

「冗談お言いでないよ。あたしゃ、そのうち消されるだろうと思ってたがね。あの家の名誉を汚す者として」

「そのようなことは」

とは言ったが、じっさい、支倉があいだに入り、いろいろ頭を下げて歩かなければ、そうした事態にも陥ったかもしれない。

「あの子は元気なのですか」

と、お寅は横を向いて訊いた。

「はい」

「あんな家で育てられ、さぞや窮屈でしょうに」

竜之助のことを口にしたら、言葉が急に丁重《ていちょう》になった。

「そういうときもあったようです」

「では、いまは？」

「はい。いずれ幕閣にでも入るときのために、学問に励んでおります」

「それはよかったこと」

「ところで、お訊ねしたいことが」

「なにか」

ぽんときせるを叩いた。火の残った葉が、火鉢の中に入った。

「竜之助さまのご母堂であることを証明する数珠《じゅず》がございましたはず」

「ああ、赤いギヤマンの数珠」

「はい。一つの玉には竜が入っていて……」

「そうでしたね」

と、お寅は目を細めた。まぶしそうにも、懐かしそうにも見えた。

「そうでしたねとおっしゃいますと？」

「置いて出ましたよ、あの屋敷に」

「なんと。では、手元にないのですか」

「はい」

「竜之助さまの母だという証拠にもなる大事なものですぞ」

と、支倉はなじるように言った。

「あたしは知らないよ。もう、あの家のこととは関わりはねえんだから」

お寅の口調は、また伝法《でんぽう》なものに変わっていた。

七

「ほう。あんたが金助かい？」

と、竜之助が訊いた。

「ん」

どう見ても三十前後という年ごろに見える七つの金助は、こっくりをした。ぼんやりしているように見える。

もともと利発な感じの子ではなかったらしい。

本当に顔はおやじとそっくりである。鼻が上を向いたところ、頬骨のでっぱり具合など、瓜二つである。七つの金助もたしかにこんな顔立ちだったのだろう。

「なるほど、黒子はそれだな」

と、竜之助は目を近づけた。

「うん。でも、ちっと大きくなった気がするよ」

話し言葉も子どものままである。

「二日のあいだ、どこにいたんだ?」

と、竜之助は訊いた。

「わからねえよ。なんだか、山の上だったような気がする」

「景色とか見たのか?」

「いや。雲の上だったからね」

はっきりしない話である。

「お前が本当の金助かどうか、ちっと訊きてえことがあるんだ。かまわねえかい?」

「ああ。かまわねえよ」

「ただ、ちっと外に出てくんねえか?」

「外にかい」

金助は不安そうな顔をしたが、それでも外に出てきた。

「あのな、去年の正月のこと、覚えてるか? 何をしたとか、何を食ったとか、どんなことでもいいんだ」

「ああ、去年かい? ええっとさ、みんなで洲崎《すさき》の弁天さまにお参りに行ったよ」

「ほう。洲崎にな」

「それで、ついでにみんなで浜辺に降りたんだよ。そこでいいことがあったんだ。おとうがずいぶん酔っ払って、水溜りに落ちたんだよ。そしたら、そこに鯛がいたんだ。こんなでっかい鯛だぜ。めでたい、めでたい」

子どもの話らしくいきなり終わった。

「わかった。ちっと待っててくれ」

竜之助はすぐに中に入り、おやじに訊いた。

「去年の正月のことを訊かせてくれねえかい」

「正月ですか。あっしは毎年、飲みすぎてへべれけになってますんでね。何したっけかねえ。あ、そうだ。洲崎にお参りに行ったんじゃねえかな。そうだ、それでガキは浜に降りて凧揚げなんざ始めやがったから、あっしもふらふら浜辺に行ったんでさ」

「それでどうした？」

「なんせ酔っ払っているから足元がおぼつかねえ。ふらっときて、潮が引いたあとの磯のたまりに落っこちてしまったんです。すると、驚いたことに、そこにこんなでっかい鯛が取り残されてましてね。そりゃあ、もちろん手づかみですよ。

正月早々、こんなめでたい話ってのはありますかね。あと、何があったかな……」

「いや、もういい」

と、竜之助は止めた。

きりがないだけだろう。二人の記憶はちゃんと一致しているのだ。

そんな細かいことまで打ち合わせることなどできっこないし、だいいち、覚えていられるわけがない。

「まいったな」

世に不思議なことは多い。

竜之助はそうした話の多くは裏があると思っているが、すべてを否定するつもりはない。

そういうこともあるのかもしれない。わずか二日で、何十年もの時が駆け去ってしまう。浦島太郎の物語も本当のことだったのかもしれない。

「大人になって帰ってきても嬉しいか？」

と、竜之助は金助のおやじに訊いた。

「そりゃあ、帰ってこないとかいうよりは、はるかに嬉しいですよ」

「そらそうだな」

「どっちにせよ、そのうちでかくはなるんだし」

と、おやじは笑った。

「ふむ」

と、竜之助はうなずいた。この、運命を受け入れることの肝の太さというのが、江戸の庶民の強みかもしれなかった。

八

「わけのわからねえ話ですね」

と、文治が首をひねった。

「うむ」

「天狗のしわざとしか思えねえですよ」

「天狗とな」

江戸っ子なら誰もがそう考えるだろう。

もうそろそろ昼時である。

だが、元旦だから店なども開いていない。

「旦那。よろしかったら、家でどうぞ」

「そうだな」

と、上の空で答えた。

まだあれこれ考えなければならない。

しかも、もう一人の子どもはまだ帰っていないのである。雲の上にいるかもしれないでは話にならないので、とりあえず番屋の者にいなくなった子どもの人相書などを手配させ、近所で聞き込みを始めさせてきた。

旅籠町のほうに向かうと、少し手前でお佐紀とばったり会った。

「あら、福川さま。明けましておめでとうございます。寿司の親分もおめでとうございます」

「こちらこそ、よろしく頼むぜ」

と、竜之助も頭を下げた。

「お佐紀ちゃんも仕事かい？」

瓦版屋には正月もなにもないはずである。

「いま、神田明神にお参りしてきたところです。福川さまたちは？」

「うむ。なにせ飯屋がどこも閉まってるんで、文治のところで食べさせてくれるって言うからさ」

「あら、それだったらうちでどうぞ。文治親分のところのおとっつぁんは寝正月ですもの。起こすのはかわいそう。あたしが手早くつくってしまいますから」

そう言われれば、年寄りを正月から働かせるのは悪い気がする。

「じゃあ、お佐紀ちゃんにごちそうになろう」

と、お佐紀の瓦版屋のほうに入った。

江戸の娘らしく、お佐紀の料理も手早い。すぐに雑煮の椀が運ばれてきた。

これを仕事場の隅にある四畳半で食べる。

「ほう」

椀をのぞいて、竜之助は笑った。

やよいの雑煮と同じく、しょうゆ味のさっぱりした雑煮だが、見た目の印象はまったく違う。やよいの雑煮は花のかたちになった赤い人参や、赤いかまぼこなどでいかにも色っぽかった。

ところが、お佐紀の雑煮は小松菜やせりなど、緑のものが目立って爽やかな見た目なのである。

味は似ている。

「うまいっ」

と、思わず言った。どちらもうまいが、見た目はまるで違う。

「面白いな」

とは、雑煮の感想だったが、

「なにがです？」

お佐紀に訊かれて、

「いや、なに、面白いできごとがあったのさ」

と、神隠しにあった金助が大人になって帰ってきた話をした。

「そんな馬鹿な」

「そう。馬鹿な話なのさ」

と、竜之助はうなずいた。

やっぱり変である。子どもがわずか数日で、大人になって帰ってくるはずがない。

天狗のしわざだと言うなら、天狗は何のためにそんなことをするのだ……。

九

夕方になって――。

いったん奉行所にもどっていた竜之助のもとに、文治が知らせにやって来た。

「福川さま。もう一人のガキも帰ってきました」

「そいつは、よかったぜ」

竜之助は喜んだ。最悪の結果を迎えずに済んだのである。

「おい、まさか、その子も大人に？」

「いえ、こっちはちゃんと子どものままでした」

これにもホッとした。少なくとも悪事の半分は、まだ人間の手の届くところにある気がする。

「どこで見つかったんだ？」

「家にもどってきたんですよ。なんでも、永代橋《えいたいばし》のたもとで、雲から降ろされたが、道に迷ってなかなか帰れなかったらしいんです」

「永代橋のたもとで、雲から……」

わからない話である。

「よし、行くぞ」

竜之助は急いで坂本町へと向かった。

いなくなっていたのは、金助の遊び仲間で、勇吉という魚屋の倅である。

家の前まで行くと、もうにぎやかな声が聞こえていた。

竜之助が顔を出すと、

「ほら、おめえのことを心配して、同心さままで来てくれたぜ」

と、おやじが倅の頭を叩いた。

「おかげさまで、正月に子どもが帰ってきました。めでたい、めでたい」

陽気なおやじである。

「勇吉、なんでいなくなったんだ」

と、竜之助は訊いた。

「おいら、天狗にさらわれたんだよ。金助と遊んでいたら、急に大きな袋をかぶったみたいになって、わけがわからなくなったんだ」

「ほんとに天狗だったのか？」

「うん。真っ赤な顔して、こんなに長い鼻をして、お面にそっくりだった」

「金助もいっしょか」

「そうだよ。でも、天狗が来て、どっちにしようかって言うもんだから、おいら食われるのかと思って、わんわん泣いたんだ。そしたら、金助のほうを連れていった。あいつ、きっと食われちまったよ」

「いや、安心しな。食われなかったから」

と、文治が言った。

「勇吉、山の上にいたのかい？」

竜之助は恐怖を思い出させないよう、やさしい口調でゆっくりと訊いた。

「ううん。山の上ではなかったと思うよ」

「ほう、どうしてだい？」

「だって、海の音が聞こえていたよ。それと干しえびの匂いもね」

「さすが魚屋の倅だな」

と、おやじが嬉しそうに言った。

十

勇吉が家族のみんなに楽しそうに突っつきまわされるようすを思い出しながら、竜之助は神田のほうへと向かった。

いなくなった子どもの捜索願いを解除したりする仕事は、坂本町の番屋と文治に頼んできた。

初春とはいえ、夕方ともなれば冷え込みは厳しい。

肩をちぢこまらせて、歩いた。

家族の団欒《だんらん》は竜之助にいろいろと感慨を覚えさせる。

それぞれの家が一見幸せそうに見えても、さまざまな問題を抱えているのは、竜之助にも薄々見当がついてきた。自分が関わったいくつかの事件もそうだったし、同心たちの愚痴や、〈すし文〉のうわさ話を聞いても、それはうかがえる。

絵に描いたような母がいないのと同様に、絵に描いたような家もない。

その理想の姿にとらわれすぎると、逆にぎくしゃくしたおかしなものになってくるらしい。

だが、さっきのような家族全員が嬉しくて転げまわるような体験を味わったことがない竜之助は、憧れの気持ちが強い。

――霧野家はどうしているだろう。

つい、足が向いた。

だが、長屋の前で足が止まった。

——やはり、一日に二度というのは。

踵《きびす》を返し、そこから本郷の大海寺に向かった。

今日も大座禅大会はつづいているはずである。

半刻（一時間）だけでも座ることにした。

十一

「申し訳ございませぬ。このような遅くに」

小走りに駆けながら、やよいが言った。

「なに、若の一大事だ」

と、支倉辰右衛門はきっぱりと答えた。

支倉は早くも息を切らしているが、田安家の屋敷から三河町まではすぐである。しかもずっと下り道になっている。

やよいは今日、ずっと竜之助をつけた。そして先ほど、三河町の長屋の前で入ろうかどうかためらっているようすを見た。

結局、入らずに大海寺に行ってしまった。

「その長屋には、霧野という母子が住んでいます」

近所の者に確かめておいた。

「子どももいるのか」

「本当の子かどうかはわかりません。変わった子どもで、一歩も外には出ないそうです」

「外に出ない？　どういうことだ？」

「わかりません」

長屋の前まで来た。このあたりはひときわ静まり返っている。もう寝たところも多いのかもしれない。

「わしの顔を知っているかもしれぬ。うかつに顔は出せぬぞ」

「わかっています。女を長屋から出します。支倉さまはしっかり確認なさってください」

やよいはそう言って、つつっと長屋の前に行った。芝居が始まった。

突然、道端に倒れこみ、

「きゃあ」

と、悲鳴を上げた。静かな町内に、甲高い声は響き渡った。

「おい、どうした、どうした」

「なにごとだ、正月から」

何人かが近所から飛び出してきた。早くも丸太ん棒を摑《つか》んでいる者もいる。

「いま、誰かに突き倒されて」

泣きべそをかいたような声でやよいは言った。

「ひでえな」

「何か盗られたかい？」

「それは大丈夫だと思うのですが」

やよいは、長屋には背を向けている。それはそうだろう。竜之助を見張っていたとしたら、当然、やよいの顔も覚えられている公算が大きい。

からり。

と、母子がいるという長屋の戸が開いた。

女が不安げに通りの騒ぎのほうを見て、すぐに戸を閉めた。

だが、支倉はしっかり女の顔を見ていた。

——なんと。

支倉は愕然《がくぜん》とした。

十二

「まずいぞ、あれは」

坂道を上りながら、支倉は言った。今度はあまり息切れをしていない。驚いたせいだろうか。

「知っているおなごだったのですね」

「ああ、よく知っている。田安の家にいるときは、さくらと申したおなごだ。さくらは、若をひどくかわいがっていたことがある。若もまるで、本当の母君のようになついたものだった」

「まあ」

と、やよいは眉《まゆ》をしかめた。怒りがあった。赤ん坊をよその女に持っていかれたような険悪な顔つきだった。

「あ、まさか、あの女、竜の数珠を？」

と、支倉が青くなった。

「竜の数珠？」

「お寅さまが、斉匡さまから戴いた数珠でな、夕陽のようなきれいな数珠で、そのうちの一つの玉の中には竜が入っているのだ」

「竜が入るといいますと？」

「どういう細工なのかはわからぬが、見事なものだった。あれを見たら、若のご記憶がいっきによみがえるかもしれぬ」

「よみがえるというのは、実母のお寅さまの記憶ではなく、贋《にせ》の母であるあのさくらの記憶……」

「そういうことになるな」

「そのとき、そのさくらが柳生の刺客であったなら……」

「若は、母に倒されることになる」

支倉は自分で言って愕然とした。なんという悲痛な事態だろう。あの若には、そこまで苛《か》烈《れつ》な運命が待ち受けているのか。あの素直で、善良な魂を持った若に……。

「しかも、あの家には男の子もいます」

「うむ。戸が開いたとき、さくらの後ろにいるのがちらりと見えた。まだ、子どもだったぞ。せいぜい十二、三の生っちろい顔だった」

「いや、聞いたことがあります。柳生の里に、十兵衛三厳の再来とまで言われる者が現れたと。まだ、子どもだそうです」

やよいは不安げに言った。

「名はわかるのか」

やよいはうなずいて、おぞましい知らせを告げるように、

「柳生全九郎と申すそうです」

と、言った。

十三

「今日のことは解せなかった」

と、全九郎が厳しい顔で言った。いつも竜之助がいるときに見せていた、ひ弱で内気そうな少年の顔とはまるで違っていた。

「はい」

まさ江はうつむいた。

こちらも、いつもの母の顔ではなかった。

「なぜ、あのとき戦わせなかったのですか？」

「ええ」

「わたしは、あのときならやれたと思います」

「申し訳ございません。ですが、まだまだ機会はあるはずです」

「そこまで丁寧《ていねい》に段取りをつけなくても、わたしは大丈夫ですから」

と、全九郎はうっすらと笑った。

まさ江の気持ちは、そうではなかった。完璧に段取りをつけたいというのではなかった。

――なぜだろう？

理由はわかっていた。

母なのではないかと、もっと徳川竜之助に思わせたい。いや、はっきり母として慕ってもらいたい。

それは自分でも驚くくらい、強く、不思議な感情だった。

暮れに毎日、田安の屋敷を見に、千鳥ケ淵まで行ったのも、竜之助の思い出を嚙みしめたいがためだった。

全九郎からは、むしろわざとらしいから、そういうことはおやめになったほうがいいと言われた。

だが、やめることができなかった。

——あの数珠を見せれば。

あのとき、竜之助は数珠をちゃんとは見なかった。

だが、よく見ると、いちばん大きな玉の中に、小さな竜が入っている。

それは、貴重なものであり、それこそが竜之助の母であるという証拠にもなるのだ。

あんな大事なものまで、お寅さまは放って出ていった。竜之助さまという、あんなにかわいい男の子を捨てて……。

あのころも、まさ江はずいぶん呆れたものだった。

柳生の里からの密偵として、まさ江は田安徳川家に潜入していたのだ。御三卿のお家に男の子が生まれると、柳生の里はそれをしきりに気にした。何代も前の柳生一族の当主が、柳生新陰流は徳川家に現れる剣の天才によって、武門の名誉を打ち砕かれるかもしれない——そう予言したのだという。

そのため、徳川斉匡の十一男として誕生した竜之助の資質を探るため、まさ江は田安家の奥女中となったのである。

——おそらくこのお方。

まさ江は確信した。

それだけを一族の重鎮たちに報告すればよかった。あとは、その竜之助をずっと監視しつづけるだけである。それはまた、別の者がやることになっていた。

だが、まさ江は竜之助のそばを離れられなくなっていた。

母に捨てられた小さな男の子。それが自分を頼り、自分に甘えてくる。黒く澄んだ眼差し。胸元をさまよう小さな手。

まさ江は子を産んだことはない。

だが、幼い竜之助を見ると、乳首がきゅうと痛んだ。乳を飲ませたいと、身体が反応するのだった。

どうしても見捨てて去ることができなかった。

お寅さまが投げ捨てるように置いていった竜の数珠は、まさ江が持っていた。

——これを持った者が、竜之助さまの母なのだ。

と、まさ江は思ったものだった。

十四

「むぅ」

と、竜之助は大きく伸びをした。

今日はどうにか、役宅で眠れることになった。やよいはどこかに出かけたらしい。夕飯のしたくはできていた。火鉢の上に鍋が載り、小さな火でぬくめられていたので、温かいまま食べることができた。

今日はいつもつづけているべらんめえ言葉と、十手のあつかいの稽古はやめ、早々と布団に入ることにした。あの、金助が大人になって帰ってきた不思議なことについて、もっと考えたかったが、それは明日にすることにした。

「さて、いい初夢を見るぞ」

文治から、妻恋神社の七福神の紙をもらっている。

これを枕の下に置くと、いい夢が見られるという縁起物である。

眠りはあっという間にやってきた。

ところが、見た夢はひどく切ない夢だった。

たくさんの夕陽が輝いていた。そのうちのいちばん大きな夕陽の中に黒い生きものがいた。最初、こうもりかと思った。だが、こうもりとは迫力が違った。それは竜であった。竜はうごめいていて、いまにも火を吹きそうだった。怖いが、しかし、勇壮な気配も感じさせた。

「この竜は？」

と、竜之助は訊いた。

「そなたですよ」

答えたのは母のようだった。

「わたしではないでしょう。わたしはこんな真っ黒な身体ではないですし」

そう言って、ちらりと自分の腕を見た。腕は黒くなりつつあった。小さな鱗《うろこ》のようなものにも覆われ始めていた。

それから目をそらし、

「わたしは戦いなどしたくないですよ」

と、言った。

「駄目ですよ、竜之助。あなたは戦わなければならないのですから。戦うように生まれついているのですから」

やさしい声で答えた。

竜之助はその声の持ち主のところに、甘えるように這い上がろうとした。いい匂いがした。嗅《か》いだことのない匂いだった。

「嫌ですよ。わたしは戦うことなんてしたくないのですから。みんなと楽しく遊ぶのが大好きなのですよ」

「それは許されないのです。あのね、本当のことを教えましょうか」

やさしい声にはからかうような調子が混じりはじめていた。

「本当のこと？」

「人はね、誰一人、戦わなければ生きていけないのですよ」

そう言って、その人は嬉しそうにくっくっくと笑い出した。

「嫌ですよ、そんなことは」

すると、その人のやさしい顔は急に黒々とした恐ろしげな顔に変わっていた。

「母上っ」

そこで目を覚ました。

もしかしたら、口にしたかもしれなかった。母上という言葉を。

耳を澄ましてみた。やよいに聞かれたりしたら、ひどく恥ずかしい。

初夢の夜は、静かで冷えていた。遠くで犬の吠える声がした。

やよいはもどった気配がない。めずらしいことである。

この初夢から察するに、平穏な一年というわけにはとてもいきそうもなかった。

十五

正月二日の朝――。

竜之助は、やよいが包丁を使う小刻みな音で目を覚ました。

「よう。昨夜は遅かったみたいだな」

と、からかうように言った。

「遅かった？　いいえ、そう遅くならないうちにもどりましたが。竜之助さまがあまり早くお休みになられていて、驚いたくらいです」

そうなのか？

では、あの夢で目を覚ましたのは、まだ寝ついてすぐのことだったのか。

文治がやって来たので、二人ですぐ近くの坂本町に行った。

例の大人になって帰ってきた金助の家をのぞくことにした。

「一晩、寝たら、小さくなっていたなんてことはないでしょうね」

と、文治が言った。

「そうなってくれたほうがすっきりするけどな」

と、答えた。竜之助はまだ、なにか解せない。

「金助はいるかい？」

ちょうど仕事に出ようとしていた金助のおやじに訊いた。

「ああ、今日は書初めだとかで手習いに行っちまいましたよ」

「そうか、書初めか」

江戸中の寺子屋でおこなわれる正月の儀式である。二日とは限らないが、二日にやるところが多いらしい。

「手習いはどこに行っているのだ？」

「ええ。北島町《きたじまちょう》の小山田盈月《おやまだえいげつ》先生のところに行かせてるんで」

おやじがそう言うと、

「へえ、あの金助が小山田先生のところにね」

と、文治は言った。

おやじが出て行くのを見送って、

「小山田先生てえのは有名なのかい？」

「そりゃあ、大変な人らしいですぜ。たいそうな学者で、お大名もあの先生のところには頭を下げていろいろ習いに来ていたほどだったそうです。お歳を召したので、隠居して悠々と学問でもなされればいいものを、町人地に寺子屋を開いて、巷《ちまた》のガキどもを教えはじめたんです」

「それでこそ学問てえもんじゃねえか。ごたいそうに桐の箱に入れておいたって、世の中の人にはなんの役にも立たねえもの」

と、竜之助は嬉しそうに言った。

「はあ、そういうもんですかね。とにかく、あの先生の友だちには有名な人もわんさかいたそうです。葛飾北斎《かつしかほくさい》は大の友だちだったし、渡辺崋山《わたなべかざん》とか曲亭馬琴《きよくていばきん》あたりも出入りしていたそうです」

「ほう。北斎に、崋山に、馬琴ときたかい」

「あっしはそんな人たちの偉さなんてぴんときませんがね」

「へえ。面白くなってきたぜ」

竜之助の顔が輝き出していた。

「とにかく、その小山田先生の手習いをのぞいてこようじゃねえか」

と、竜之助は文治をつれて、北島町へと向かった。

十六

北島町というのは、八丁堀の役人たちが住む区画の中にある町人地である。

ここらは、文人や医者などの住まいも多かった。なにせ、奉行所の役人たちがうろうろするところだから、治安はきわめてよい。実入りのいい仕事の者にも人気があった。

「あ、たしか、ここです」

と、路地をちょっと入ったところの家を指差した。

小さな一軒家である。

玄関にずいぶんと小さな門松が飾られていて、威張ったりしそうもない人柄が感じられた。

「ごめんください」

竜之助が玄関を開け、自分で声をかけた。

障子戸が開いて、奥から七十は超えた、だが、足腰のしっかりした年寄りが現れた。

「今日、こちらに金助という子どもは来てますかい？」

「はい。来ていますよ。一生懸命、書初めをしていますが」

「大人でしょ、金助は？」

「ええ。大人ですよね」

「神隠しにあい、戻ってきたら大人になっていたんだとか」

「ふぉっ、ふぉっ、ふぉ。そうらしいですね」

と、小山田先生は機嫌よさそうに笑った。不思議な騒ぎだから、坂本町だけでなく、この北島町にもうわさは届いていたらしい。

「どれどれ」

と、竜之助は書初めのようすをのぞいた。

子どもたちはおとなしく机の前に座ってなどおらず、墨のついた筆を持ってはしゃいでいる。すでに顔じゅう墨だらけにしたのもいる。

この先生は子どもが騒ぐのを頭ごなしに叱ったりする人ではないらしい。たしか、渡辺崋山という先生もそうだったと聞いたことがある。子どもを叱るのを見たことがないという話も残っている。親しく交わったというから、そのあたりも似ているのだろう。

書斎のような、十畳ほどの部屋で、書院づくりのようになっている。それが子どもの遊び場のようになっていた。

大人になった金助は、机に座り、ぼんやりしている。ちらりとこちらを見ると、ぎょっとしたような顔をした。

「先生、金助は本当に大人になったんですかね」

と、竜之助は訊いた。

先生は悪戯《いたずら》っぽい笑みを浮かべた。目尻の皺《しわ》がやさしげである。これは子どもにも好かれるはずだなと、ちらりと思った。

「それはねえ、なにかの間違いだろうねえ」

「そうですよねえ」

竜之助はそう言って、もう一度、子どもたちが遊ぶ部屋を見た。

ぽん。

と、手を打った。

「わかった、文治」

「へ？」

文治は呆気《あっけ》に取られた顔をした。

「全部、きれいにわかったぜ」

と、竜之助は破顔一笑した。

十七

その夜になって――。

文治は寒そうに肩を震わせながら、奉行所にやって来た。

「おう、文治、寒かっただろう」

「そりゃあ、海っぱたですから」

「越中島《えっちゅうじま》の先だったかい？」

「まさにそうでした」

「ま、あのあたりしかねえからな。誰にも見つからなくて、波の音がして、干しえびの匂いがするなんてところは」

と、竜之助は笑った。

「本物の金助もいました」

「まったく巧妙な野郎だぜ。わざわざもう一人、子どもをさらって、そっちには天狗の顔やらを見せておいたんだから」

「あのおやじ、阿呆づらですが、悪知恵は働くんですねえ」

「だが、意外に子どもを騙《だま》すのは難しいんだろうな。海の音が聞こえ、干しえびの匂いがしたってさ。天狗なら山奥だろう。海辺にいる天狗というのはやはりおかしいぜ」

「たしかに」

「すると、全員で五人かい、六人かい？」

「六人です。金助の一家四人と弟夫婦と」

「なるほど、弟の嫁もな」

竜之助は同心部屋の隅にある火鉢で、餅を焼き、なにもつけずにうまそうに頬張った。

「それにしても、驚きました。大人になった金助が、おやじの弟だったとはね」

と、文治はまだ興奮冷めやらぬ調子で言った。

「だって、それしかねえだろう。あんだけ顔が似てて、しかも、あのおやじの倅にしたら歳がいき過ぎてんだもの。ま、黒子なんぞは最初から、墨を入れればなんてことはないと思っていたしな」

「それで、子どものときの話も合うわけですよね。いっしょにいたときの話もあれば、自分たちが子どものときのことで合わせたりすればいいんだから」

「ああ。おいらも洲崎の浜で鯛をつかまえたという話をされたときは驚いたが、なんのことはねえ。去年の正月は、あの場におやじの弟もいやがったのさ」

「そういうことでしたか」

と、文治は大きくうなずいた。

「ただ、そのあたりは薄々、気がついたのさ。わからねえのは、なんのためにあんな奇怪なことをするのかということだった」

「でも、小山田先生の家を見て、見事に気づきなすった」

文治もずっといっしょにいたのである。

それなのに、文治はあとで説明されるまで、まったく見当もつかなかったのだ。

「見事なんてもんじゃねえ。おいらの心根が卑しいから気づいたんだよ。あの書院づくりの棚を見て、ああ、あそこにきっと北斎や渡辺崋山の肉筆画がしまってあるんだろうなって思ったのさ。子どもの背では届かねえが、大人だったら届いてしまうよなって」

「いま、北斎や崋山の書画の値といったら凄《すご》いらしいですぜ」

「そうだろう。なんでも、異人たちも欲しがるって聞いたぜ」

「野郎はあそこにそうしたものがあることを倅に聞いたんですかね」

「それは訊いてみないとわからねえな。だが、おやじはなんとかして、あそこに入れないものかと考えた。それで、大人になって帰って来た金助というのを思いついたんだな。なかなか思いつけねえ話だ」

竜之助も正直なところ、感心したのだ。

「じっさい、成功したんですからね。福川さまが見破らなかったら、明日あたりは北斎や崋山の絵を持って、上方あたりにずらかってたでしょう」

そこまで話をし、竜之助は立ち上がった。

「では、文治。大滝さまに言って、捕縛に向かってくれ」

「え？　福川さまは？」

「おいらは大海寺に行かなくちゃならねえ」

「そんな馬鹿な。手柄は大滝さまに行ってしまいますよ」

「そんなことは、かまわねえさ。それより、おいらは昨日から座禅を組んでねえんだもの。年に一度の大座禅大会だっていうのに、こんなに行かないでいたら、和尚と狆海さんに大目玉をくらっちまうぜ」

そう言って、竜之助は奉行所から慌てて本郷へと向かったのだった。

第四章　秘剣敗れたり

一

本石町《ほんごくちょう》にある〈すずや〉は大きな本屋で、和漢の書物が題材ごとに整理され、うず高く並べられていた。このあたりは薬種問屋が多いせいもあってか、医書が多いのもこの店の特徴になっていた。

やよいは、その医書の一冊を手にし、開いてみた。すると、人の腹の中を描いたような気味が悪い絵があったものだから、あわてて元のところにもどした。

「そなた、奇妙な本を見るのだな」

隣に立った初老の男が、小さな声で言った。やよいのほうは見ていない。やはり、本を見るふりをしながら、何食わぬ顔で話しているのだ。

文倉辰右衛門だった。

「わざわざご足労いただき、ありがとうございます。さくらのことをお聞きしてから、やはり田安のお屋敷にもどんな密偵が入りこんでいるかわからないと、痛感いたしましたので」

と、やよいも本をめくりながら、小声で言った。

「たしかにそうじゃな。それで、どうだった？　会えたか、柳生清四郎《せいしろう》とは？」

「どうにか」

もしかしたら、他国に旅に出ていることも考えられたが、数日前に江戸にもどったばかりだった。

柳生清四郎は、竜之助の新陰流の師である。

やよいはその師に、柳生全九郎について尋ねたのである。

「清四郎さまは、柳生の里の全九郎をご存じでした」

「やはり」

「まだ少年ではあるが、柳生一族にふたたび現れるかどうかわからないほどの天才だといいます」

「なんと」

「ただ、全九郎は不思議な性癖《くせ》を持っています」

「ん？」

「外へ出ることができないそうです」

「なんだ、それは？」

「幼児からの性癖で、外へ出ると恐怖のあまり身体が動かなくなると」

「それでは戦うことなどできぬではないか」

「道場で戦います。そして、道場で戦っていまだ負けたことはないといいます」

「道場剣法か」

と、支倉は鼻で笑った。道場だとやたらと強いが、じっさいに立ち合ったらおじけづいてしまって、手足が動かなかったという話はよく聞くのである。

「だが、竹刀ではなく、真剣で戦っても負けないのですから、いちがいに道場剣法とは言えません」

「それにしても、家の中ではな」

「さらに、清四郎さまは、若さまの剣の腕はまた一段と上達なさっているはずとおっしゃいました」

「それはそうだろう。もう何度も真剣の戦いを経験されたのだからな」

と、支倉は自分のことを自慢するように言った。

「はい。しかも、若さまには風鳴の剣があると」

やよいはそう言ったとき、王子《おうじ》の飛鳥山《あすかやま》で聞いたあのどこかもの悲しげな風の音を思い出した。

「わしは見たことがないのだが」

「最強の剣にございます」

「見てみたいのう」

「それはもう、とても口では」

「やよい。あまり意地悪は言うな」

支倉は恨めしそうにやよいを見た。

「支倉さま。こちらは見ないように」

「おっと、いかぬ」

支倉はあわてて別の本を取った。歌麿《うたまろ》の艶本《えんぽん》だった。いきなりものすごい場面が眼前に広がり、支倉の手が震えた。

「それで、清四郎さまがおっしゃるには、おそらく若さまが敗れることはないだろうということでした」

「そうだろうな。そんな、外へも出られぬ青二才に、若が敗れるはずはない。わしは端《はな》からそう思っておったのよ」

「そのわりにはおろおろなさっていたようですが」

「馬鹿言え」

「でも、支倉さま。あの、まさ江という若さまの母を騙《かた》る気配のある女のことは気になります」

「うむ。それもな、手は打った」

「では、それほど心配せずにすみそうですね」

「そうだな。だが、若にはいちおうお伝えしておいたほうがいいかな」

「それも相談いたしました。清四郎さまは、どの道、柳生の里とは一度は争わなければならないさだめ。若にお知らせすれば、敵はすぐに見破られたことを悟り、ふたたび闇にまぎれるでしょう。むしろ、そのほうが怖いと」

「なるほど」

「それなら、このまま戦われてもよいのではというご意見でした」

「うむ。あの男がそう申すならそれがよいかもしれぬ」

「なんだか、少し安心しました」

「いや、わしもだ。まったく若はハラハラさせてくれるものよ」

二人は胸を撫《な》で下ろしたのだった。

二

「おい、三太《さんた》」

と、岡っ引きの文治が後ろを振り向いて言った。

「へい、親分」

三太は愛嬌のある笑顔を見せた。

「おめえもおいらのところに来て、そろそろ二年経つよな」

「へい。一昨年の年末でしたから、足掛け三年です」

「ふむ。そろそろ一つくれえ、手柄を立ててえところだな」

「いやあ、あっしなんざあ」

とは言ったが、三太の顔は輝いた。

文治は三人ほど、下っ引きを使っている。三人とも、暇なときは〈すし文〉で寿司を握っている。

三太はその中でも変わり種である。

親代々の飾り職人の家だった。三太もいったんは飾り職人になったが、

「あんなちゃらちゃらしたものを一生つくりつづけるのはご免だ」

と、つてをたどって文治のところにやって来た。

「手柄を立てるためには、足も大事だが、頭はもっと大事だぞ。考えながら歩くんだ。ただ歩いていたんじゃ何にも見えてこねえ」

それは文治自身、つくづく思うことである。

矢崎三五郎についていたときは、あまりそんなことは思わなかった。逆に、あまりの足の速さと、歩く距離の長さに、ついて歩くのが精一杯だった。頭など使っている暇がなかった。

頭を使う大事さを痛感するようになったのは、福川竜之助と歩くようになってからである。それどころか、考えていないと、そこにあっても見えていないことさえあるのに気づいたのだった。

その福川竜之助は、正月三日の朝から品川界隈《かいわい》に詰めている。なんでもあのあたりに、不穏な気配があるという。

生麦《なまむぎ》の異人殺傷や、御殿山の焼打ちのようなことがまた起きたりすると大変である。奉行所も必死の警戒をしているのだ。

だが、そのために奉行所の人員の配置もずいぶん偏《かたよ》りが出ていた。江戸の南方面ばかりに人員は集中し、北は完全にがら空きの状態である。

——その分、おいらたちが頑張らなくちゃならねえ。

と、文治は思った。

「ここはおいらたちの踏ん張りどころさ」

三太にもそう言った。

今日は早くも正月の六日である。

明日七日は、七草粥《ななくさがゆ》の日となる。

江戸のほとんどの人は、この七草粥を食べて、一年の無事を祈る。

七草とは、せり、なずな、御形《ごぎょう》、はこべら、仏の座、すずな、すずしろの七種である。

といっても、これを全部入れることはまずない。せいぜい、なずなに小松菜を足すくらいである。

だから、六日の日になると、江戸の町々になずな売りが大勢出た。

文治と三太は佐久間河岸の広小路のようになった広い道を歩いているが、ここにも、

「なずな、なずな」

と、大勢のなずな売りが出ていた。

和泉橋《いずみばし》のところで左に入り、佐久間町二丁目、三丁目と進んだ。片側は大名屋敷である。

「おう、寿司の親分」

年寄りが声をかけてきた。

「どうしたい？」

「いまさっき、妙ななずな売りがいたんですよ」

「妙ななずな売りってなんでえ？」

「いやね、なずなを売ってるから、買ったら、これがなずなじゃねえんです。すずなの葉っぱだったんです」

「なんだ、そりゃ」

文治は苦笑した。

すずなというのはカブのことである。

なずなは、別名ぺんぺん草である。食べるのは茎の伸びないうちの若い葉だが、それでもかたちはまるで違う。

間違えるはずがない。

「そう言ったらね、文句があるなら買うなと、恐ろしく怖い目つきで睨《にら》まれたんですよ。そんななずな売りってえのはいますかね」

と、年寄りは憤然としている。追いかけて行って、ふん縛ってくれと言わんばかりである。

「馬鹿なんだろうな」

と、文治は言った。それしか考えつかない。

「馬鹿なんですかね」

「そうに決まってる」

とは言ったが、多少、不安ではある。

こういうときに、福川竜之助がいないのは痛い。

三

文治と三太は、神田川沿いに大川のほうへと歩き、柳橋《やなぎばし》を渡って両国広小路へ出た。ここから薬研堀《やげんぼり》を通って、浜町堀《はまちょうぼり》から大昔に吉原があったあたりまでやって来た。

「よう。寿司の親分。今日は若くていい男の同心さまはいらっしゃらねえのかい？」

　と、顔見知りのそば屋のおやじが声をかけてきた。

「福川さまは、ちっと高輪のほうに行ってるのさ」

「ふうん。あっちは物騒だっていうからね」

「なんか、変わったことはあるかい」

「あるねえ」

　と、そば屋のおやじは大きくうなずいた。

「なんでえ」

「変な連中がうろうろしていたんだよ。この前は凧を売っていたやつがいたんだが、その凧ってえのがふざけた凧なんだよ。子どもが描いたような下手糞な絵なんだがね、桃太郎が金太郎の腹掛けをしていやがるんだ」

「なんだ、そりゃ」

「子どもだって、おじさん、これは変だよと」

「そりゃそうだ」

「ところが、その何日かあとに来た豆腐屋はもっとひどかったぜ。なんせ、豆腐が崩れて、水から上がらねえんだから」

「そいつはひでえ」

「しかも、笑ったら逆に怒って、もういいから帰れと怒鳴りやがったとか」

「そんな野郎が来るのか、じゃあ見張っててやるか」

と、文治は言った。

「いや、いいんだ。それに一昨日《おととい》くらいからぴたっと来なくなった」

「へえ」

「おかしなやつもいるものさ」

おやじと別れて歩き出すとすぐ、三太は言った。

「親分。似てますね、なずな売りと」

「うん、そうだな」

「それって、わざとやってるんじゃないですかね？」

と、三太が推測した。

「わざとってどういうことだ？」

「まるで、怪しいやつがここにいるぞと言わんばかりじゃねえですか」

「何のためにそんなことをするんだよ？」

「そうやって怪しいやつを見せといて、下っ引きが十手を預からせてもらう。つまり、すべては早く十手持ちになりてえ下っ引きのしわざ」

と、三太は笑った。

「馬鹿野郎。くだらねえことやるんじゃねえ」

「やってませんよ」

「それに、おめえが十手を持つのは三年早いよ」

「やだなあ、冗談が通じねえんだから」

仲のいい親分子分である。

四

内神田方面を大きく回って、地元の旅籠町にもどって来ると、瓦版屋のお佐紀が、売り子といっしょに店の前に立っていた。

お佐紀の顔には、会心の笑みのようなものがある。

「おう、お佐紀。嬉しそうだな」

「あら、寿司の親分。ここんとこ、瓦版の売れ行きがよくって、今日なんぞは飛ぶように売れてしまいました。昼過ぎにちょっと刷り増しをしたんですが、それも売れちまったってわけでね」

機嫌がいいはずである。

「どれどれ、どんな瓦版でえ」

「あ、じゃあ、あたしの分を」

と、お佐紀は一枚、手渡した。

「なんだ、こりゃ。四十七士ふたたびか、だと？」

「ええ。読んでください。面白いですよ」

文治と三太は、広げた瓦版を声に出して読んだ。江戸っ子は黙読というのは苦手である。

これによると、近ごろ、江戸の町々に頻繁に怪しげな連中が出没している。それは、まるで売る気のない棒手振《ぼてふ》りだったり、金魚屋と称するめだか売りだったりする。内神田の柳森《やなぎもり》神社の近くでもこの正月に、そうした連中が出た。そのおかしな物売りをつけてみた。なんと、町人ではなく、二本差しの武士であり、どこかの浪人らしかった。これはもしかしたら、浪人たちがどこかの大名屋敷に討ち入ろうとしているのではないか？

ざっと、そのような記事だった。

絵は、鎖帷子《くさりかたびら》を着込んだ棒手振りが向こうの長屋門をうかがうような姿で、隣にいる子どもが、

「おじちゃん。どこの浪士だい？」

と、訊《き》いていた。

「お佐紀。これはまずいな」

と、文治は眉《まゆ》をしかめた。

「え、何がまずいんですか？」

「だって、おめえ、こりゃあくだらねえ推測だろ。こんなことで世の中を騒がすな。下手したら、おめえをしょっぴく羽目になるぜ」

「寿司の親分。それはないですよ。だって、じっさいにそういううわさが出てるんだし、それにも書いたように、あたしも連中が浪人者だというのを突き止めたんですから」

と、お佐紀も胸を張って主張した。

これに下っ引きの三太も味方した。

「そうですよ、親分。お佐紀坊の言うとおりです」

「あんたに坊呼ばわりされる覚えはありませんが」

と、お佐紀は苦笑した。

「え、おいら年が明けたからもう十九だぜ」

「あたしは二十一だよ」

「えっ、売れ残りかい」

「失礼ね」

二人のあいだに文治が割って入った。

「そんなことはどうでもいい。それより、三太はなんでお佐紀の言うとおりだと思うんだよ」

「だって、さっきの浜町堀近くのそば屋のおやじが言ってたのもそれですよ」

「たしかにな」

「もしかしたら、今日、佐久間河岸で聞いたすずなの葉っぱを売っていたなずな売りも、それかも」

「うむ」

と、文治は腕組みをした。

「そのなずな売りの近くには大名屋敷はなかったですか?」

お佐紀が訊いた。

「あっ、親分。片側が町で一方はお大名の中屋敷でしたよ」

「そうだな」

「親分。おいら、もうちっと、さっきのあたりで聞きこんでみますよ」

三太は早くも踵《きびす》を返した。

背中を見せた三太に文治は、

「おめえ、無茶はするなよ。手柄は焦っちゃ駄目だ」

と、声をかけた。

あとで、あのときなんとしても止めればよかったと、文治は悔いることになる。

五

三太はもう一度、なずな売りが出たところにもどった。

浜町堀近くのそば屋のおやじに聞いた話も、お佐紀が書いた柳森神社近くの話も、ちょっと前の話だった。その連中がぴたりとおかしなことをしなくなったのは、おそらく目的を達成したからである。

だが、なずな売りはまだなのだ。

これから目的を達成しようとしているのだ。

大名屋敷は二つ並んでいる。

こういった屋敷には、庶民の長屋の入り口とちがって表札などはない。見ただけではどこのお屋敷かもわからない。

近所の人に訊くと、佐竹さまと板倉さまの中屋敷ということだった。

どっちが狙いなのか？

どうしたものか迷っていると、板倉さまの中屋敷の門が開き、ちょうど二人づれが出てきた。見るからに怪しい浪人者ふうである。

——ん？

わからなくなった。これから討ち入りしようという浪士たちが、その屋敷に行くだろうか？

おそらく、お佐紀の推測は間違っているのだ。

三太は二人のあとをつけた。

二人は河岸のところで立ち止まった。

そこへ別の浪人者が近づいた。

ちょうど荷物を積んだ荷車がいて、その陰が死角になっていた。かなり日も暮れてきて、視界はぼんやりしている。三太はそこに飛び込み、思い切って近くまで寄った。

「どうでした、毒島《ぶすじま》さん？」

「うむ。やっぱり気づいていたとさ。おかしな連中がうろうろしているとな。それでいつものように聞き込んだ話ということで語ってやった。昔の怨みで討ち入るつもりらしいと。震え上がったよ」

そう言った毒島という男は、額と顎が狭い、ちょっと変わった顔立ちの男だった。

「あっはっは」

「それで、あいつらはひどいやつらだから、加勢しましょうかと」

「それもいつもの通りなんですね」

「ああ。後ろめたいことはたいがいの藩にある。じわじわとうわさで締め上げれば、たいがいの藩は自分から金を差し出してくるのさ」

「まったく毒島さんは知恵が回る」

「ところが、今日の用人はふざけたやつだった。いや、わしらで何とかするときた。茶も出さずに、ご苦労だったと追い払われた」

「それはひどい」

「あそこは本当に討ち入る」

「やるか」

「やる。たまには本当に討ち入らぬと、わしらも脅しだけだと舐《な》められるからな」

毒島という男がそう言うと、ほかの武士は、口々に「これは面白くなった」などと大言壮語を始めた。

——そういう魂胆だったのか。

すぐに親分のところに走ろうかと思った。だが、

——待てよ。

と、思い直した。あいつらの居場所を突き止めてからだ。そうでなければ完全な手柄にはならない気がした。

新《あたら》シ橋《ばし》を渡ると、連中は柳原土手を下に降りた。

——なんでえ。橋の下に小屋でもつくったか。

その想像は三太に笑みを浮かばせた。

毒島と呼ばれた男が、ちらりとこっちを見たので、あわてて萱《かや》のしげみの中に

身体を沈めた……。

六

そのころ――。

さびぬきのお寅は夕暮れが迫る町で人を待っていた。

なずな売りがしきりに通っていく。

「なずな、なずな」

売り子の声はいい声だが、どこか小さなため息に似た哀愁がある。

ひさしぶりに会った支倉辰右衛門から頼まれごとまでされてしまった。

そんなことは聞かなくてもよかったのに、つい引き受けてしまった。支倉の人徳というものだろう。

田安の家の用人や奥女中には意地の悪い人が少なくなかったが、そのなかで支倉だけは親身で人のよさを感じさせたものだった。竜之助に付いてくれたことは、あの子にとっても幸運だったろう。

「さびぬきのお寅に……」

と、支倉はスリとしての通り名まで知っていた。

「夕陽の数珠《じゆず》を盗んでくれ」

そう言って頭を下げたのである。

「竜之助さまの危難なのだ」

とも言った。

その言葉を聞いて、胸がきゅんとなった。

田安の家では冷たくされていると、人づてに聞いたことがあった。かばってくれているのは支倉ただ一人だと。その竜之助に、いよいよ幕閣あたりの地位が舞い込もうというのかもしれない。あの支倉のことだから、ずいぶん一生懸命そうした工作をおこなったのだろう。

だが、そのためには斉匡さまのお墨付き——すなわち、夕陽の数珠が必要になった。大方、そんなところなのだろう。

「わかりました。持っている者はわかってるんですね」

「わかっている。昔、田安の屋敷にいた奥女中で、さくらと名乗っていた女だ」

「ああ、さくら……」

たしかにいたような気がする。

わたしと同じ年ごろで、やさしげな顔立ちをした娘だった。もっとも本当の性格は知らないが。

「そのさくらが、三河町一丁目の長屋に男の子といっしょに暮らしている。数珠はいつも肌身離さず持っている」

「それを抜けばいいのですね」

と、お寅は引き受けた。そんなことは朝飯前のお安いご用だった。

お寅はときどき、自分の運命のあまりの変転ぶりを考え、笑いたくなった。

すべてを知っている者は誰もいない。お寅だけである。

おそらく他人に話しても、信じてはもらえないかもしれない。

お寅はもともと小藩ではあるが松平《まつだいら》の名を持つ大名家の娘だった。

菊姫《きくひめ》さまと呼ばれていた。

闊達《かったつ》で好奇心が強い性格だった。

――それに若かったのだ……。

千代田のお城の中はどうなっているのか興味を抱き、丁度、下女としてお城に上がることになっていたお寅という女の替え玉になった。

一日、お城の中を眺めて、帰ってくるつもりだった。

千代田の大奥であれば、むしろそれはうまくいったかもしれない。

ところが、入ったのは本丸の大奥ではなく、北の丸の田安徳川家のお屋敷だった。

ここで、斉匡にみそめられてしまった。

だが、いまさら嘘とは言えない。

実家からも助けの手はなかった。あんな馬鹿はどうにかなってしまえと父上は激怒していると伝えられた。

すぐに子が産まれた。だが、お寅に子育てなどできるわけはなく、気の病のようになって育児を放棄した。

それでも三年はいた。たまに幼い子を抱くことはあったが、愛情よりもとまどいが先、子のことより自分の愚かさを恨むことが先だった。

もともと正式の妻ではない。正体も告げてはいない。

田安家からすれば、単なる癇の強い下女である。

お寅は田安家から冷たく放り出された。

支倉はそのあと、お寅の身元を探ったという。事実は摑《つか》んだらしいが、

「もはや、どうすることもできませんでした」

と、お寅に詫びた。

いまさら詫びられてもどうしようもない。

城を出たお寅は、腹を空かして町をさまよった。

どうにも我慢ができず、屋台の寿司を盗んだ。

つかまるところを、六十くらいの男が金を払って助けてくれた。

「馬鹿野郎。寿司屋なんざ同じ貧乏人だ。金持ちからかっぱらえ。あくどいことして大金を手にしている連中から、あがりを抜いてやれ」

伝説のスリ、夕暮れ銀二《ぎんじ》だった。

ここから凄《すさ》まじい修業が始まり、さびぬきのお寅が誕生した。

呆れるほどの運命の変転だが、

——意外に菊姫でいたり、田安の屋敷にいたりするよりも面白かったのかもしれない……。

とも思うようになっていた。

ただ、自分でも持て余すのは、捨てるように置いてきた竜之助に対する罪悪感だった。

それは年を追うごとに強くなってきていた。若く、八方破れの性格だったお寅も、四十の齢《よわい》を超えれば、分別というのも出てきた。世の中のことも眺めてきた。

なおさら、自分のしたことがひどいことだったと思うようになった。

――せめて一言詫びたい。

お寅はいつかそうした機会がくることを願った。

もちろん、スリの親分などに成り下がった自分が、田安の若さまにお目にかかるときがくるなどとは信じられなかったけれど、それでも神仏に祈るときはいつもその願いを加えるようになっていた。

ところが、詫びるより先に役に立てる機会が訪れたのである。

「竜之助のために……」

そうつぶやいたとき、見張っていた長屋の戸が開いて、女が顔を出した。

七

まさ江はこのところ徳川竜之助がこの家を訪ねて来ないことをいぶかっていた。

柳生全九郎も同じ気持ちらしく、

「悟られたのではないですか」

と、言った。

むしろ、そうであって欲しいという気持ちがまさ江にはあった。

夕陽の数珠を落とし、通りすがりの荒くれ男に拾われたとして、竜之助に接近した。あまりにも陳腐な芝居ではなかったか。

怪しいと思われてもよかった。

だが、竜之助は思わなかった。

信じやすいのだ。根が善良なのだ。あんな竜之助を、どうして奉行所の同心などにしたのだろう。

田安家は竜之助にあまりにも残酷だと、まさ江は思った。

もっとも残酷なのは田安だけではない。柳生の家もそうだった。

――竜之助を斬ることに手を貸さなければならない。

柳生の女にはめずらしくはないが、まさ江にとってはあまりにも残酷な使命だった。しかし、まさ江に断ることはできない。子どものころから、使命には従うということを叩き込まれている。心は嫌がっても体が従う。

この家のことはもう忘れてくれるといい。

どうせ、柳生全九郎は助けがなければ竜之助と戦うことはできないのだ。

広いところに出ると、恐怖のあまり身体が動かなくなるというのは芝居ではない。

あの若者の、おかしな性癖だった。

そのかわり、道場など、閉ざされた場所なら、あの若者は凄まじい強さを発揮する。

どれくらい強いのか。

柳生一族最強と言われた十兵衛三厳を超えるかもしれないという。しかも、その強さの限界はまだまだ見えていないのだともいう。

加えて、あの若者には奸智《かんち》がある。

それこそ竜之助にはまったくないものではないか。

柳生の女でありながら、心のどこかで柳生の敗北を祈っている。

心が張り裂けるとは、まさにこういうことなのだと思った。

明日が七草粥だということは忘れていた。

なずな売りの声で思い出した。

竜之助が来るかもしれない。用意をしておこう。来ないで欲しいと思いつつ、つくったものは食べさせたい。

――なずなだけでいいのか。

ふと、思った。

江戸ではなずなに小松菜を加えるくらいである。

――それにすずなとすずしろも入れよう。

そうすれば、竜之助は何か変だと気づいてくれるかもしれない。

雑煮もわざと柳生の里の雑煮にした。江戸ではあんな食べ方はしない。

ほんの少しでも変だと思ってくれたら、剣士は油断をしないはずだった。

「なずな売りさん」

と言いながら、外に出た。

外はずいぶん暮れかけていた。青い色が濃くなっていた。深い水の中に泳ぎ出すような気もした。

それでも、人の顔が判別できないほどではなかった。

なずな売りを追いかけたとき、向こうからやって来た女とぶつかった。

薄青い闇の中に、目鼻立ちのはっきりした顔が浮かんだ。それはすぐにすり抜けていったが、まさ江の脳裏を電光のように撃った。

――いまのはお寅さま……。

思わず振り返った。

仕事帰り、湯へ向かう人、買い物に出た女……夕闇は人の影を次々に飲み込んでいく。さっきの女もすでに見分けがつかない。

まさ江は信じられない。

「へい、なずなですが。ご新造さま？」

後ろでなずな売りが肩をついていた。たもとに手を入れた。小銭はあった。

だが、数珠がなかった。

――嘘でしょ。

お寅さまが掏《す》ったただなんて、そんな馬鹿な……。

八

「これだ、これだ」

と、お寅は口に出して言った。

奪ったばかりの数珠を、いまにも消えかけようとする西の空の陽にかざしてみた。

今日の夕陽はほとんど赤みをたたえてはおらず、ただうす青い光になって消えていくところだった。その陽にかざしただけなのに、数珠はいくつもの夕陽のように、赤い輝きをあらわにした。

「きれいな色……」

竜之助を産んだとき、斉匡さまからいただいたものだった。幼い竜之助が小さな手で摑んだり、しゃぶったりしたこともある。いくつかの思い出が脳裏を過《よ》ぎった。

「この子には、天に昇る竜ではなく、地を這う竜にでもなってもらうか」

子沢山の斉匡さまだから、一人ずつの子どもに対する思いなどなきに等しいのかと思っていたが、そうでもないらしかった。

その言葉を思い出しながら、玉の中の竜をじっと見た。

黒い影になっているそれが、少し動いたような気がした。

「もともと、お寅さまのもの。あなたが持っていてくだされればよい」

と、支倉は言った。

冷たく払いつづけた小さな竜之助の手を、はじめて握った気がした。

――ふん。あたしともあろう者が……。

お寅はその数珠をたもとに入れ、いつもの凄みのある笑みを見せた。

九

「嘘だろ。何かのまちがいだろ」

つぶやきながら、文治は走っていた。暮れ六つ（夕方六時）から半刻（一時間）ほど経っていて、あたりはもう真っ暗だった。

場所は柳原土手だという。

たまたま通りかかった夜鷹が見つけた。いくら夜鷹でも冬はこんなところには出ないのだが、客に変な酒を飲まされ、吐こうとして川原を降りたのだという。

土手のなかほどではなく、新シ橋のすぐそばだったことも幸いした。奥の草むらだったら、いまの季節ならば一晩や二晩見つからないままでもおかしくない。しらばくれることもできただろうが、親切心のある夜鷹だった。

番屋に知らせ、顔まで確かめた。

「あ、この子、外神田の寿司の親分の下っ引きだよ」

それで文治のところに知らせが来た。

川原に明かりがあった。番屋の者が四、五人、奉行所の人間が来るのを待っているのだ。

文治は駆け降りた。

まだ六日の月の光は乏しく、何度も足がもつれた。

「文治親分だ……」

番屋の者がわきにずれ、提灯の明かりを遺体に向けるようにした。

筵《むしろ》はかけられず、そのままだった。首から肩が裂けていて、血の匂いが立ち込めていた。

遺体は空を睨んでいた。悔しげな表情もあった。三太に間違いなかった。

「三太……！」

文治は泣き崩れた。

嗚咽《おえつ》がとめどなく溢《あふ》れた。

「一人前の岡っ引きにしてやるからと、こいつのおっかあに約束したのによ。こいつのおっかあに、なんて詫びたらいいんだよ」

三太がはじめて文治の家に来たときのことがしきりに思い出された。調子に乗りやすそうな、明るい若者だった。まさかこんな殺され方をするとは夢にも思わなかった。

「親分、親分」

番屋の若い者が呼んでいた。

「遺体の左の二の腕のところを見てください」

「ん……」

腕を取った。

ぶすじま

と、血で書いてあった。これだけの傷を負い、最後の力を振り絞って、このことをつたえてくれたのだった。そう思うとまた涙が出た。

三太を斬ったやつに違いなかった。

冬枯れた柳原土手の川原に風がひょうひょうと吹き渡り、萱の葉が白い波のように揺れつづけていた。

十

その翌日――。
徳川竜之助は早朝の高輪の海辺を歩いていた。

高輪の寺にもう四晩も泊まり込んでいた。

近くには異人たちが宿舎にしている寺があり、そこを襲おうとしている浪士たちがいるというので、警戒に回されていたのだ。

だが、どうも襲撃はないのではないか。そんな見方も出てきたようだった。

それは竜之助には判断のしようがない。

浪士たちの動きを直接探っているわけではないので、わからないのである。まして上層部は、わかったことを下の者に逐一教えてくれるわけでもない。下っ端《したっぱ》の同心なんざどうなろうと知ったこっちゃねえのさ、という非難めいた声も囁《ささや》かれる始末だった。

だが、直接、異人を襲おうとしているかどうかはわからないが、怪しい連中がいるのは事実である。

いまも二人、高輪の海辺の船着場に浪人者がうろうろしていた。

船を待っているようなのだが、なかなかやって来ないというようすである。なにかの拍子に着物の下に鎖帷子を着込んでいるのが見えた。これはただごとではない。

そのうち、船を諦めたらしく、通りを北へ向かって歩き出した。

あとをつけることにした。

どちらにせよ、今日の昼に交代の人員が来て、竜之助たちは引き上げることになっている。怪しいやつらを追ったと言えば、言い訳も立つだろう。

この道は江戸の目抜き通りであるだけでなく、東海道でもある。もちろん、人の往来は多く、あとをつけても気づかれる恐れはない。

江戸の真ん中にもどっていると思ったら、ひさしぶりに八丁堀の役宅で寝たくなってきた。

それに、霧野の家にもなかなか行けないでいる。

——行かないほうがいいのではないか。

という気持ちもある。

あの家に行きたいのは、まさ江に母の面影を探しているからだというのはわかっている。

だが、まさ江が、わたしの母のはずがない。

それに爺《じい》ややよいのようすを見ると、わたしの母というのは少し変わった性格をしているか、あるいは変わった境遇にあるような気がする。

まさ江はとくに変わったふうには見えない。

おそらくどこかの家の陪臣であったご主人が早くに亡くなったかでもしたのだろう。

全九郎のことは気になる。

自分にできることがあればしてあげたい。

だが、心の病ならたぶん、あまり急ぐのは得策ではないだろう。外の爽やかさや、きれいさを感じるようになれば、出るなと言っても出てきてしまう。

空を見た。冬の空が高々と広がっている。右手に見える海よりも広々としている。青くて気持ちがいい。

この空に落ちていくような気がすると全九郎は言った。

なんだかわからないでもない気がする。

だからといって、竜之助に恐怖心はわかない。広々とした感じが気持ちいい。むしろ、閉ざされた感じのほうが嫌なように思える。

――やつらはまだ、目的地に着かないのか。

浪人二人は日本橋を過ぎ、さらに北に進み、筋違御門の手前でようやく右に折れた。

柳原土手沿いに行く。

なるほどこれくらい歩くなら、船を待つのかもしれない。

新シ橋を渡り、向こう柳原あたりの大名屋敷の近くで止まった。

すると、その二人にやはり浪人者らしい二人が近づき、なにか話し合っている。

――なにをするのか。

同心の姿である。あまり近づくことはできない。

どうも、向こうにある大名屋敷を見張っているようにも思える。

――出直すか。

ここからだと、文治の家はすぐ近くである。顔を出すことにした。

十一

「いったい、どうしたんだ？」

文治の家の戸口に貼られた「忌中」の文字に、竜之助は愕然《がくぜん》とした。

「福川さま……」

気配を察して中から文治が青ざめた顔で現れた。すっかり憔悴《しょうすい》しきっている。

「誰が？」

「下っ引きの三太が……」

「なんと」

三太の顔は知っている。愛嬌があって、いつも冗談を言っているような陽気な若者だった。

「どうも妙なやつらに殺されたらしいんで」

「妙なやつら？」

「じつは……」

文治は昨日までにわかっていることを竜之助に伝えた。

「なるほど。わざとおかしなことをしているというのは間違いないだろう。それに、お佐紀ちゃんが忠臣蔵を持ち出したのも、目のつけどころは正しいんだと思うぜ。それで、三太はもう一度、佐久間河岸の裏手あたりに行ったというんだな」

さっき、怪しげな浪人者がうろうろしていたあたりである。

「ええ。それで斬られて、あいつは最後の力を振り絞ってあっしらに名前を伝えたんだと思います。ぶすじまと」

文治の言葉はこみあげてきた嗚咽で途切れた。

「まだ、若かったんだろ」

「この正月で十九です」

早桶の前では、母親らしき女が頭を桶にぶつけるようにして泣きじゃくってい
る。とても、正視できたものではない。

「わかった。なんとしても仇は討ってやる」

と、竜之助はうなずき、

「ところで、お佐紀ちゃんの話も聞いてみたいのだが……」

弔問に来ていてもよさそうだが、姿は見当たらない。

「あれ、さっきまでいたんですがね」

文治は首をひねった。

十二

——さっき、向こうにちらりと見えた男は福川さまではなかったか。
と、お佐紀は思った。すぐにいなくなってしまったが、あの連中のために動き
出してくれたのかもしれない。
寿司の親分のところの下っ引きが殺された。

なまいきな若造だったが、殺されるのはかわいそう過ぎる。

あたしが面白がって追いかけていた連中はあんなひどいことをするやつらだった。どこか茶化した調子で書いてしまったが、もっとあいつらの怖さを訴えるように書くべきだったのだ。

もしも、三太があいつらを舐めたとしたら、あたしが書いた瓦版にも責任はあるかもしれない。

じつは、柳森神社の近くでやつらの動きを追いかけていたとき、何度か見かけた武士がいた。額と顎が狭い、ちょっと変わった顔の男だった。

三太を斬ったという「ぶすじま」というのは、あの男ではないだろうか。

——確かめてみたい。

お佐紀はそう思った。

もちろん、自分でどうこうしようなどとは思わないし、だいいちできっこない。

だが、福川さまに柳森神社の近くでのやり口を伝え、今度の佐久間河岸界隈での動きも調べてもらえば、やつらがしていることの全貌がわかるのではないか。

連中は、板倉さまの中屋敷の真ん前にあるうどん屋に入り込み、なにをしているのかなかなか出てこない。

お佐紀は屋敷からちょっと離れた水茶屋に腰を下ろしているのだが、もう二刻（四時間）近くいる。ここの看板娘には露骨に早く帰れというような態度をされていた。

まだ、あの変わった顔の男は見ていない。うどん屋にいるのかどうかはわからない。

ただ、うどん屋の連中もときどき交代している。どこかに、別に待機する隠れ家のようなところがあって、そこから来ている感じがした。

交代する男たちの数を勘定してみると、おそらく六人。それが来たりもどったりしている。あの変わった顔の男も仲間なら、一味は七人ということになる。

——本当に討ち入るつもりなのか。

お佐紀は瓦版にも浪士たちの討ち入りのように書いたが、そのじつ、いままでは信じてはいなかった。そうやって討ち入るようなそぶりを見せつつ、金でもゆすっているのではないか。京都はいざ知らず、近ごろ江戸でうろうろしているこれ見よがしの浪人者たちの多くは、尊王《そんのう》も攘夷《じょうい》もなく、単に憂《う》さ晴らしをしているとしか思えなかった。

だが、あの男たちは今度は本気のように見えた。顔つきやそぶりにいままでと違うものを感じるのだ。

この藩邸の警備がとくに強化されるわけでもないことを確かめつつ、暗くなるのを待っているのではないか。

いまのところ、何の証拠もない。

それでも、これは誰かに知らせたほうがいいのではないか。

――福川さまに……。

福川竜之助はこのところ高輪のほうに詰めているというのは、文治から聞いていた。まだ奉行所にはもどらないのか。さっき見た男が福川なら、もどったのか。とりあえず、文治親分に知らせるべきだろう。

お佐紀は水茶屋を出て、うどん屋の前を避け、裏手のほうを回るようにして帰ることにした。

大名屋敷の周囲などというのは、どこもそうであるように静かなものである。

お佐紀は次第に怖くなってきて、足早に歩いた。角を曲がろうとしたとき、ふいに男が現れた。狭い額と顎。あの男だった。

「娘、何をしている?」

と、男が笑った。

叫ぼうとしたとき、男はすばやく動いて、お佐紀の腹にこぶしを叩きこんできた。

お佐紀は気を失った……。

気づいたときには、狭い部屋に横たわっていた。足と手を縛られ、猿ぐつわもされていた。床が細かく揺れているので、船の中だとすぐにわかった。

そうか、船が連中の隠れ家だったのだ。柳森神社の近く、浜町堀、そして佐久間河岸の近く……。連中はそこにこの船を停め、機会をうかがったりしているのだ。

「この女、瓦版屋だぞ」

と、声がした。あの、額と顎の狭い男に違いない。

「ほう」

「こいつがわしらのことを書いてくれるおかげで、わしらは大名家を脅すのが楽になったのだ。ありがたいことさ」

なんてことだろう。

「あとでたっぷりかわいがってやるぜ」

いつかこういうことになるのではないかという恐れはあった。文治親分などからもしばしば忠告されてきた。あまり首を突っ込むんじゃねえぞと。どこかで、悪党たちを舐めていたのかもしれない。

「それより、毒島。こんなのがうろうろしているようでは、わしらも見張られているのではないか？」

「そうだ。昨夜斬ったのは町方の小者らしかったし、今日の討ち入りは中止にしたほうがよさそうだ」

「なあに、大丈夫だ。奉行所はいま、南のほうに気がいっていて、こっちはほとんど無防備になっている。しかも、あの屋敷は警備の増員もない。まったく、こんなに悪事がやりやすい時代もないもんだ」

と、毒島は嬉しそうに言った。

——ああ、もう駄目だ……。

お佐紀は恐怖と、縛られた苦しさで、またも意識が遠くなっていった。

十三

「見当たらねえな、文治」

と、竜之助は言った。いまは同心の姿ではない。袴をつけ、長羽織のかわりに、文治の家で借りた綿入れのようなものを羽織っていた。

「ええ。やはり、ここには来ていないのでしょうか」

答えた文治も、十手を腰の後ろに隠し、岡っ引きには見えないようにしている。

「だが、うさん臭いのは何人かいる」

「はい。うどん屋の前にいるやつもそうですね」

「ああ。なんかするつもりなのは間違いねえ。もうちっと、ここで見ていようや」

この季節の一日は短い。

見張りはじめてしばらくすると、空は黄昏《たそが》れてきた。

「ちっと、一回りして来よう」

竜之助は、文治を待たせたまま、屋敷の裏手のほうに向かった。

静かなものである。高い塀で陽はさえぎられ、道端はもう闇の色で染まりつつある。

その暗い道端に――。

竜之助は小さな筆を見つけた。小枝のようで気がつきにくいが、たしかお佐紀が愛用していたものではなかったか。

竜之助の心臓が早鐘を打った。

急いで文治のところにもどった。

「文治、まずいぜ」

「どうしました？」

「お佐紀がつかまったみてえだ」

「なんですって？」

「どこかに連れ去られたんだ。どこだろう？」

竜之助の頭の中が激しく動き出した。

今朝方、ここまで来た浪人者は船が来るのを待っているようすだった。ここは佐久間河岸に近い。また、前に連中が出たという柳森神社の近くも、浜町堀も、船で近づけるところである。

――やつらは船にいるのだ。

だが、船は無数にある。一つずつ当たっては、間に合わなくなる恐れがある。だいいち、逃げられかねない。

「文治、こうしよう」

「へい」

「すぐに、そこらの番屋に行って、御用の提灯を借りてきてくれ」

「御用提灯を」

「それで、向こうの隅で火を灯した御用提灯を振りながら、旦那方、こっちです、こっち、怪しいやつらがいるのは――と、大声で喚《わめ》いてくれ」

「いいんですか」

「うむ。おいらはやつらのあとを追いかけるから」

「わかりました」

文治はすぐに駆け出していった。

そうこうするうち、どんどん陽は落ちていく。

すこし苛々《いらいら》してきたころ。

向こうの角に御用提灯が揺れ、

「旦那方。こっちです、こっち！」

と、文治の大声が聞こえてきた。

すぐに動きが出た。

何人かが、慌てたように暗くなった道を駆け始めた。竜之助はすぐにその中に加わった。

仲間のような顔をしながら駆けた。

連中は佐久間河岸につけてあった屋形船に飛び移った。屋形船には提灯も灯され、酔狂な大店《おおだな》の隠居あたりがこれから吉原にくり出すために待機しているふうでもあった。

「まずい。早く、出せ」

「おう」

最後に駆けてきた武士が綱をほどき、

「みんな、もどったな」

と、一声かけてから、船を出した。

「くそっ。町方が出てきやがった」

「こっちは手薄のはずなんだがな」

口々にののしっている。

佐久間河岸は神田川にある。ここから大川まではすぐであり、しかも流れがある。

船は大川の広い流れの中に入っていった。

船の隅に腰かけ、息を切らしたふうを装っていた竜之助がゆっくり立ち上がった。

「ん?」

と、そばにいた男が怪訝《けげん》そうな顔をした。

「誰だ、おぬし」

「ふふふ」

と、竜之助は笑った。

「おい、妙なやつがいるぜ」

その男は、屋形の中に声をかけた。

「なんだって」

男たちがぞろぞろ出てきて、竜之助を囲んだ。一人、二人、三人……全部で七人だった。そのうち、腕が立つのがどれくらいいるかはわからない。

「誰だ、てめえ」

「町方の者だよ」

「なんだと」

「それより、ここに毒島ってえのはいるかい？」

「わしだ」

いちばん前、舳先《へさき》のほうにいた男が言った。

額と顎の狭い、奇妙な顔の男だった。

「おう、おめえかい。言っとくがよ、おめえだけは叩っ斬るからな」

言うが早く、竜之助の剣が鞘走った。

天を突くように振り上げられた剣が、不思議な腕のかたちで下りたと思ったとき、剣の峰が眼前の男の首筋を叩いていた。男は腰が砕けたようにふらつき、川に落ちていった。

「これで一人」

と、言いながら、峰を返した剣をすばやく後ろに回した。背中に目があるような動きで、後ろの敵の腕を叩いた。

「あわわ」

腕の骨が折れたらしい。

刀を放り投げて喚こうとした男を、足蹴にして川に叩き込んだ。

「これで二人」

竜之助は船の後ろに向かった。

そこに二人いた敵を睨みつけ、青眼に構えた敵の剣が動こうとする出鼻をくじくように小手を砕き、そのまま一連の流れで隣の男の胴に剣の峰を炸裂《さくれつ》させた。

剣の力量が、海と水たまりほどに違う。

ひゅん。

と、素振りの音を立てると、この二人はつづけて川に飛び込んでいった。

「三人、四人」

船の横で、こっちを呆然《ぼうぜん》と見ている男がいた。

「次はおめえか」

竜之助がそう言うと、男はぽんと川に飛んだ。

「五人」

と、言ったとき、障子の中から刃が突き出てきた。

これをのけぞってかわし、腕をつかんで引っ張り出した。

「痛たた」

そのままねじりあげると、ぼきっと音がした。

「あぁっ」

すでに戦えない。船板の上をのたうち回るだけである。

「六人」

残りは毒島一人だった。

毒島は、舳先のところに腰をかけるようにしていた。

「木っ端《こっぱ》役人のくせにやるな」

毒島の頬には笑みがある。腕に自信があるらしい。

「ここじゃ、狭いよな。上に行かねえか」

と、竜之助は屋形の屋根を指差した。屋形船の屋根は船頭が乗ったりするため、意外に頑丈につくってある。

「よかろう」

先に毒島が上がった。

不意打ちを警戒しながら竜之助もつづいた。

上はいちだんと見晴らしがよかった。大川の両岸に筋のように人家の明かりがつづいている。

「柳原土手で、まだ若い下っ引きを斬ったよな」

と、竜之助は一語ずつ噛みしめるように言った。

「あんなこわっぱが何だって言うんだ」

まるで気にしていないように答えた。

「こわっぱだから、なおさら悲しいんだろうが」

「へっ。徳川の時代が終わろうってときに、人っこ一人の命ごときをとやかく言うなよ。おめえ、知ってるか。徳川の時代は終わるんだぜ」

「知ってるよ、そんなことは。だが、おめえみてえなやつらを、のさばらせるために終わるんじゃねえんだぜ」

峰を向けていた刀を持ち替えた。

毒島は背負うように刀を持っている。かなり癖のある剣術らしい。

竜之助は抱きかかえるように刀を手元に引き寄せると、刃で風を探した。すぐに見つかった。川風はありすぎるほどだった。

刃が鳴きだした。悲しげな音だった。

「なんだ、それは？」

男は目を瞠《みは》った。

音だけではない。刃に浮かんだ隠し紋も見つけたのだ。

両岸の町の明かりが刃に当たって赤く光っている。

「葵《あおい》の紋ではないか」

「そうだよ。まもなく終わろうとしている家の紋だよ」

「きさま、何者だ」

「八丁堀同心、徳川竜之助」

すこし照れながら言った。

「ふざけるな」

毒島が踏み込んできた。背負うようにしていた剣が柳の枝のようにしなりながら振り下ろされてきた。

竜之助は余裕を持って見切りながら、鳴きつづけている剣をくり出した。

屋形の中に入ると、案の定、お佐紀が転がされていた。

――しまった。

さっきはつい、うっかり本名を名乗ってしまった。聞かれたのではないか。

顔をうかがう。幸いというべきか、お佐紀は気を失っていた。

「お佐紀ちゃん。起きてくれ」

縄を切り、肩を揺すった。

「福川さま」

お佐紀は目を瞠り、それから自分にやって来た僥倖《ぎょうこう》に気づいて微笑《ほほえ》んだ。こんなときにも慎みのある笑顔だった。

「悪いが船を漕《こ》ぐのを手伝ってもらいてえんだ」

屋形船はかなり下流まで来てしまった。途方に暮れたような竜之助の顔を見て、

「ぷっ」

お佐紀は噴き出した。

十四

一刻（二時間）後――。

竜之助は本郷の大海寺にいた。

年末年始にもう少しやりたかった座禅だったが、やはり暇が取れなかった。

大座禅大会は終わり、寺は正月の疲れが出たように静かだった。

狆海もいっしょに座ってくれた。むしろ、狆海が隣にいてくれるほうが、座禅の境地に入っていけるような気がする。

四半刻（三十分）も座ったか。

「煩悩があるな」

警策のかわりに竹刀を振りながら、雲海和尚は言った。なにか、こちらの心を見破ったぞとでもいうような、得意げな調子だった。

「はい」

と答えたが、どうせ当てずっぽうに決まっている。煩悩のない人間はいない。

だが、次の言葉には驚いた。

「母とはなんぞや」

と、雲海は訊《き》いたのである。なぜ、そんなことを訊いたのかはわからない。この和尚は意外に勘が鋭いところがあるのも確かなのだ。

「母とは？」

「そうじゃ。母とはなんぞや」

「……すがってもすがっても応えてはくれないもの」

と、竜之助は答えた。

いったい、充分過ぎる母の情けというのがこの世にあるのだろうか。子が果てしなく求めるそれに、満足がいくだけ応えられる母というのは存在するのだろうか。

竜之助はそう思った。それは、巷《ちまた》でごく当たり前のように言われている母の像とはかなり違ったものであるような気がした。あるいは、巷で言われている母の像もまた、真実に遠慮をしたものなのかもしれなかった。

「馬鹿者」

雲海の竹刀が、竜之助の肩に落ちた。

同時に竜之助は立ち上がっていた。雲海は驚いて竜之助を見た。

――行って確かめなければ……。

と、思ったのである。

十五

竜之助の顔を見て、まさ江は落胆を隠さなかった。

「来てしまったのですね」

「と、おっしゃいますと」

竜之助は意外な反応に混乱した。

あの笑顔を、こちらの気持ちを果てしなく癒してくれるような笑顔を求めて来たのではなかったか。

そして、当然、そうした笑顔で迎えてもらえると思っていた。たとえ真実の母ではないとしても、母性に対する信頼を見つけることができるのではないかと。

「もう、お目にかからなければいいのにと思っておりました」

と、まさ江は言った。

「え……」

言葉を失った竜之助のわきから、

「でも、来てしまいますよね。母を求めて」

と、全九郎が言った。これまで見たことがない、皮肉な笑みを浮かべていた。

それから全九郎は、竜之助の後ろにまわり、戸口に太くがっしりしたかんぬきをかけた。ここが長屋にしてはいやに頑丈なつくりになっていることを竜之助は不思議に思った。

「母を？」

と、竜之助が訊いた。

「そうです。この人は、わたしの母ではありません。でも、徳川竜之助さま、あなたの母なのですよ」

全九郎は、「福川」ではなく、「徳川」と言った。

竜之助の身体に緊張が充ちてきていた。

「ちがいます」

と、まさ江は首を横に振った。

「ちがわないでしょう。むしろ、産んだはいいが、ろくな愛情もかけずに去って行った産みの母よりも、寂しがる幼い竜之助さまを、本気でなぐさめ、抱きしめたあなたこそが、本当の母ではないですか」

と、全九郎が言った。

「そうなのですか」

と、竜之助はまさ江を見て訊いた。

「………」

答えはなかった。

だが、さまざまなことが腑《ふ》に落ちた。

夕陽の色をした数珠を見たときの懐かしさ。まさ江が動いたときに匂う香《こう》のかおりの胸苦しさ。遠い記憶に向かって薄い紙が一枚ずつはがされていくような感覚……。

「そうだったのですか」

と、竜之助は言った。それは、あなたが母だったのですかという思いで言ったことだった。

だが、まさ江は誤解したらしく、

「はい。柳生の女なのです」

と、答えた。

「そして、こちらがあなたのお命を狙う柳生全九郎さま」

全九郎は、竜之助がまさ江と対峙するあいだに、不思議なことをしていた。

この家の壁を取り払っていたのである。

長屋と思っていたが、じつは三軒長屋の仕切りをすぐにはずせるものにしてあった。

空間が広がった。

ここは、まさに道場だった。

やよいと支倉辰右衛門は、三河町の霧野の長屋に急いでいた。

まさか、竜之助がこんな時刻にあそこに行くとは思っていなかった。奉行所からのもどりが遅く、ようやく気がついたのだった。

「なあに、大丈夫だ」

と、支倉は言い聞かせるようにつぶやいた。

そのはずだった。師匠の柳生清四郎もそう言った。

だが、やよいはひどく不安だった。


「道場の剣か」

と、竜之助は言った。すでに二人は向き合っている。

「なんとでも言え」

全九郎にはゆとりがあった。むしろ、竜之助のほうが、動揺を抑えきれずにいた。

「奇怪な」

外に出ることすらできない少年が、柳生の威信を賭けて竜之助と対峙している。

「柳生新陰流に奇々怪々は付きものなのだ」

「新陰流の覇権を争うために？」

「そうだ。見せてもらいたい、葵新陰流の真髄を。風鳴の剣を」

竜之助はうなずいた。もはや戦うしかないことは身体が察知していた。

刀を抱きかかえ、風を探った。

風が来なかった。求めても求めても得られなかった母の情けのように、風はそよとも吹いてこなかった。

「まさか……」

それはそうである。ここは閉ざされた道場の中である。

「かっかっか……」

全九郎の笑い声が響いた。少年の、甲高くて、あの年ごろ独特の残酷さに満ちた笑い声だった。

「風鳴の剣、敗れたり」

「なんと」

全九郎が跳躍し、剣をぶつけてきた。

速く、力のある剣だった。これを頭上で受けると、稲妻が落ちたような衝撃だった。竜之助は飛びすさりながら、剣を横に薙《な》いだ。

切っ先がほんの一寸足りずに空を切った。

一寸が足りないというのは、逆に一寸を見切っているのだ。

全九郎は竜之助の動きにぴたりとついてきていた。

竜之助は思い切って腰を落とし、床を摺《す》るほど下げた剣を突くように撥《は》ね上げた。

「たあっ」

と、全九郎はこれも見切ってふたたび、宙に飛んだ。

竜之助も飛んだ。

宙の中で剣が交錯した。

「閉まっています。ですが、中に光はあります」

やよいが、霧野の家の戸口に手をかけて言った。

長屋とは思えない、どっしりした戸だった。すぐに竜之助が罠に落ちたことを知った。

どんな罠がしかけられていたのか。

どんどん。

と、激しく戸を叩いた。

びくともしない。

やよいは必死で体当たりを始めていた。

宙で交錯した刀は、一方は相手の袖を切り、一方はかすることもできなかった。

竜之助の袖が切られていた。

しかもすぐさま、今度は全九郎の姿勢が奇妙なものになっていた。腰を低くかがめ、まるで狼のように低い位置から竜之助を睨んでいた。

こんな剣は見たことがなかった。

このとき——。

どぉん、どぉん。

と、道場の壁が喚き出していた。

どぉん、どぉん。

騒がれることは何としても避けなければならないことだった。人だかり——それは常人にとっては何ということはなくても、全九郎には不快な事態を引き起こすのである。

「ちっ」

と、舌打ちして、柳生全九郎は姿勢をもどした。

「仕方ない。今日はこれまでだ」

「これまでと」

「ひとまずは引き上げるのさ」

「出られまい、柳生全九郎」

と、竜之助は言った。全九郎は外を歩けない。いくら闇に閉ざされようが、闇は果てしない広がりを持っている。空には星が瞬《またた》いている。

「動くな、動くと、この女の命はないぞ」

まさ江に刃を突きつけた。刃は氷よりも冷たそうに見えた。

「なんと」

全九郎はかんぬきをはずし、戸を開けた。

やよいと支倉が駆け込んできた。

すぐに、刃を突きつけられたまさ江を見た。

「あ」

「手を出すなよ、やよい」

と、竜之助が言った。

全九郎が外に首を出した。まもなく、駕籠《かご》が来た。

――そうか。

全九郎が移動できるわけがわかった。小さな空間に入って動けばいいのだ。

「きさまたちが騒ぐと、人だかりができてこの駕籠を寄せられなくなるのさ」

全九郎はそう言ってこれに半身を入れ、

「また、お会いしましょう！」

と、笑いながら言った。

やよいが追いかけようとするが、

「動いてはいけませぬ」

と、まさ江が自分の喉元に短刀を突きつけた。

「動けば、喉をつきます。竜之助さま。産みの母ではありませぬ。だが、あなたさまを情けをこめてお育てした母でございますぞ」

そうなのだ。それは本当なのだ。

わたしが心の底に焼き付けたのは、おそらく産みの母ではなく、この人の姿であり、匂いだったのだ。

だが、母への思慕の念はそれがすべてなのか。

産みの母への念は消え失せているのか。

「ううっ」

動けない。

「さくら、時を稼いでおるな」

と、支倉が言った。

「ふっふっふ。駕籠屋も柳生の者たち。もはや追いつかれることもございますまい。柳生の女の使命は終えたようです」

すると、まさ江の身体が揺れ始めた。

「まさか……」

まさ江の身体が大きく傾き、横に倒れた。

「しまった」

竜之助は駆け寄り、背中を見た。真ん中に小柄《こづか》が深々と刺さっていた。

あのときすでに、柳生全九郎が突き刺していったのだ。使命を終えた女への、非常な告別なのだろう。

「まさ江さん！」

竜之助はまさ江にすがりつくようにした。

まさ江の首が垂《た》れた。

やよいは痛ましさで竜之助を見ることができなかった。そして、おそらくはあとで竜之助が慄然《りつぜん》とするはずの事実を悟っていた。

柳生全九郎は、ここを無事に出ていったのである。すなわち、それは……。

――なんということ！

風鳴の剣は、敗れたのだった……。

本書は２００８年５月に小社より刊行された作品の新装版です。

双葉文庫

か-29-39

若《わか》さま同心《どうしん》　徳川竜之助《とくがわりゅうのすけ》【三】

空飛《そらと》ぶ岩《いわ》〈新装版《しんそうばん》〉

2021年3月14日　第1刷発行

【著者】

風野真知雄《かぜのまちお》
©Machio Kazeno 2008
【発行者】

箕浦克史

【発行所】

株式会社双葉社

〒162-8540 東京都新宿区東五軒町3番28号

［電話］03-5261-4818（営業）　03-5261-4833（編集）

www.futabasha.co.jp（双葉社の書籍・コミックが買えます）

【印刷所】

中央精版印刷株式会社

【製本所】

中央精版印刷株式会社

【フォーマット・デザイン】

日下潤一

落丁・乱丁の場合は送料双葉社負担でお取り替えいたします。「製作部」宛にお送りください。ただし、古書店で購入したものについてはお取り替えできません。［電話］03-5261-4822（製作部）

定価はカバーに表示してあります。本書のコピー、スキャン、デジタル化等の無断複製・転載は著作権法上での例外を除き禁じられています。本書を代行業者等の第三者に依頼してスキャンやデジタル化することは、たとえ個人や家庭内での利用でも著作権法違反です。

ISBN978-4-575-67042-4 C0193

Printed in Japan

風野真知雄

新・若さま同心　徳川竜之助

象印《ぞうじるし》の夜

長編時代小説〈書き下ろし〉

辻斬りが横行する江戸の町に次から次へと起きる怪事件。南町の定町回り同心がフグ中毒で壊滅状態のなか、見習い同心竜之助が奔走する。

風野真知雄

新・若さま同心　徳川竜之助

化物の村

長編時代小説〈書き下ろし〉

浅草寺裏のお化け屋敷〈浅草地獄村〉が連日の大賑わい。そんな折り、屋敷内で人殺しが起きたのを皮切りに、不可思議な事件が続発する。

風野真知雄

新・若さま同心　徳川竜之助

薄毛の秋

長編時代小説〈書き下ろし〉

熟睡中の芸者が頭を丸刈りにされるわ、町中の洗濯物が物干しから盗まれるわ――江戸で頻発する奇妙な事件に見習い同心・竜之助が挑む！

風野真知雄

新・若さま同心　徳川竜之助

南蛮の罠

長編時代小説〈書き下ろし〉

蒸気の力で大店や大名屋敷の蔵をこじ開ける大胆不敵な怪盗・南蛮小僧が江戸の町に現れた。竜之助が考えた南蛮小僧召し取りの奇策とは？

風野真知雄

新・若さま同心　徳川竜之助

薄闇の唄

長編時代小説〈書き下ろし〉

唄い踊りながら人を斬る「舞踏流」という奇妙な剣を遣う剣士が、見習い同心の徳川竜之助に襲いかかる！　好評シリーズ第五弾。

風野真知雄

新・若さま同心　徳川竜之助

乳児の星

長編時代小説〈書き下ろし〉

日本橋界隈で赤ん坊のかどわかしが相次いだ。事件の裏にある企みに気づいた竜之助は……。大好評「新・若さま同心」シリーズ第六弾。

風野真知雄

新・若さま同心　徳川竜之助

大鯨の怪

長編時代小説〈書き下ろし〉

漁師たちが仕留めたクジラが、一晩で魚河岸から消えた。あんな大きなものを、誰がどうやって盗んだのか？　大人気シリーズ第七弾！

風野真知雄　新・若さま同心　徳川竜之助　長編時代小説
幽霊の春　〈書き下ろし〉

町内のあちこちで季節外れの幽霊が出た。さらに、奇妙な殺しまで起きて……。大好評「新・若さま同心」シリーズ、堂々の最終巻！

風野真知雄　わるじい秘剣帖（一）　長編時代小説
じいじだよ　〈書き下ろし〉

元目付の愛坂桃太郎は、不肖の息子が芸者につくらせた外孫・桃子と偶然出会い、その可愛さにめろめろに。待望の新シリーズ始動！

風野真知雄　わるじい秘剣帖（二）　長編時代小説
ねんねしな　〈書き下ろし〉

孫の桃子と母親の珠子が住む長屋に越してきた愛坂桃太郎。いよいよ孫の可愛さにでれでれの毎日だが、またもや奇妙な事件が起こり……。

風野真知雄　わるじい秘剣帖（三）　長編時代小説
しっこかい　〈書き下ろし〉

「越後屋」への嫌がらせの解決に協力することになった愛坂桃太郎は、今日も孫を背中におぶり事件の謎解きに奔走する。シリーズ第三弾！

風野真知雄　わるじい秘剣帖（四）　長編時代小説
ないないば　〈書き下ろし〉

「越後屋」に脅迫状が届く。差出人はこれまでの嫌がらせの張本人で、店前で殺された男とも深い関係だったようだ。人気シリーズ第四弾！

風野真知雄　わるじい秘剣帖（五）　長編時代小説
なかないで　〈書き下ろし〉

桃子との関係が叔父の森田利八郎にばれてしまった愛坂桃太郎。事態を危惧した桃太郎は一計を案じ、利八郎を何とか丸めこもうとする。

風野真知雄　わるじい秘剣帖（六）　長編時代小説
おったまげ　〈書き下ろし〉

越後屋への数々の嫌がらせを終わらせることに成功した愛坂桃太郎だが、今度は桃子の母親・珠子に危難が迫る。大人気シリーズ第六弾！

風野真知雄　わるじい秘剣帖（七）　やっこらせ
長編時代小説〈書き下ろし〉

「かわうそ長屋」に犬連れの家族が引っ越してきたが、なぜか犬の方が人間よりいいものを食べている。どうしてそんなことを……？

風野真知雄　わるじい秘剣帖（八）　あっぷっぷ
長編時代小説〈書き下ろし〉

孫の桃子との「あっぷっぷ遊び」に夢中になる愛坂桃太郎。しかし、そんな他愛もない遊びが思わぬ危難を招いてしまう。シリーズ第八弾！

風野真知雄　わるじい秘剣帖（九）　いつのまに
長編時代小説〈書き下ろし〉

珠子の知り合いの元芸者が長屋に越してきた。いまは「あまのじゃく」という飲み屋の女将で常連客も一風変わった人ばかりなのだ。

風野真知雄　わるじい秘剣帖（十）　またあうよ
長編時代小説〈書き下ろし〉

「最後に珠子の唄を聴きたい」という岡崎玄蕃の願いを受け入れ、屋敷に入った珠子と桃太郎だが、思わぬ事態が起こる。シリーズ最終巻！

風野真知雄　わるじい慈剣帖（一）　いまいくぞ
長編時代小説〈書き下ろし〉

あの大人気シリーズが帰ってきた！　目付に復帰したのも束の間、孫の桃子が気になって仕方がない愛坂桃太郎は江戸への帰還を目論むが。

風野真知雄　わるじい慈剣帖（二）　これなあに
長編時代小説〈書き下ろし〉

孫の桃子を追って八丁堀の長屋に越してきた愛坂桃太郎。大家である蕎麦屋の主に妙に気に入られ、次々と難珍事件が持ち込まれる。

風野真知雄　わるじい慈剣帖（三）　こわいぞお
長編時代小説〈書き下ろし〉

川沿いの柳の下に夜な夜な立つ女の幽霊。桃子の夜泣きはこいつのせいか？　愛坂桃太郎は、可愛い孫の安寧のため、調べを開始する。

風野真知雄　わるじい慈剣帖（四）ばあばです　長編時代小説〈書き下ろし〉

長屋の二階から忽然と消えたエレキテル。没収しようと押しかけた北町奉行所の捕り方たちも目を白黒させるなか、桃太郎の謎解きが光る。

風野真知雄　わるじい慈剣帖（五）あるいたぞ　長編時代小説〈書き下ろし〉

長屋にあるエレキテルをめぐり対立してきた北町奉行所の与力、森山平内との決着の時が迫る！愛する孫のため、此度もわるじいが東奔西走。

風野真知雄　若さま同心 徳川竜之助【一】消えた十手　長編時代小説

徳川家の異端児　同心になって江戸を駆ける！剣戟あり、人情あり、ユーモアもたっぷりの傑作時代小説シリーズ、装いも新たに登場!!

風野真知雄　若さま同心 徳川竜之助【二】風鳴の剣　長編時代小説

憧れの同心見習いとなって充実した日々を送る竜之助の身に、肥後新陰流を操る凄腕の刺客たちの影が迫りくる！　傑作シリーズ第二弾！

金子成人　ごんげん長屋つれづれ帖【一】かみなりお勝　長編時代小説〈書き下ろし〉

根津権現門前町の裏店を舞台に、長屋の人情や親子の情をたっぷり描く、くすりと笑えてほろりと泣ける傑作人情シリーズ、注目の第一弾！

金子成人　ごんげん長屋つれづれ帖【二】ゆく年に　長編時代小説〈書き下ろし〉

長屋の住人で、身重のおたかが倒れてしまった。周囲の世話でなんとか快方に向かうが、亭主の国松は意外な決断を下す。落涙必至の第二弾！

坂岡真　はぐれ又兵衛例繰控《れいくりびかえ》【一】駆込み女　長編時代小説〈書き下ろし〉

南町の内勤与力、天下無双の影裁き！「はぐれ」と呼ばれる例繰方与力が頼れる相棒と悪党退治に乗りだす。令和最強の新シリーズ開幕！

坂岡真　はぐれ又兵衛例繰控《れいくりびかえ》【二】　長編時代小説

鯖断《さばだ》ち　〈書き下ろし〉

長元坊に老婆殺しの疑いが掛かった。南町の協力を得られぬなか、窮地の友を救うべく奔走する又兵衛のまえに、大きな壁が立ちはだかる。

佐々木裕一　新・浪人若さま 新見左近【一】　長編時代小説

不穏な影　〈書き下ろし〉

浪人姿に身をやつし市中に繰り出し悪を討つ。その男の正体は、のちの名将軍徳川家宣――。大人気時代小説シリーズ、双葉文庫で新登場！

佐々木裕一　新・浪人若さま 新見左近【二】　長編時代小説

亀の仇討ち　〈書き下ろし〉

権八夫婦の暮らす長屋に仇討ちの若い兄妹が転がり込んでくる。仇を捜す兄に助力を申し出た左近だが、相手は左近もよく知る人物だった。

佐々木裕一　新・浪人若さま 新見左近【三】　長編時代小説

夫婦剣《めおとけん》　〈書き下ろし〉

米問屋ばかりを狙う辻斬りが頻発する中、小五郎の煮売り屋を訪れるようになった中年の旅の夫婦。二人はある固い決意を胸に秘めていた。

佐々木裕一　新・浪人若さま 新見左近【四】　長編時代小説

桜田の悪　〈書き下ろし〉

闇将軍との死闘で岩倉が深手を負った。小五郎たちの必死の探索もむなしく焦りを募らせる左近をよそに闇将軍は新たな計画を進めていた。

佐々木裕一　新・浪人若さま 新見左近【五】　長編時代小説

贋作小判《がんさくこばん》　〈書き下ろし〉

改鋳された小判にまつわる不穏な噂と偽小判の存在を知った左近。市中の混乱が憂慮されるなか、老侍と下男が襲われている場に出くわす。

佐々木裕一　新・浪人若さま 新見左近【六】　長編時代小説

恨みの剣　〈書き下ろし〉

同じ姓の武家ばかりを狙う辻斬りが現れた。下手人は説得に応じず問答無用で斬り捨てるという。冷酷な刃の裏に潜む真実に、左近が迫る！

鳴神響一　おいらん若君　徳川竜之進
天命
長編時代小説〈書き下ろし〉

滅多に姿を拝めぬうえ客と同衾せぬ吉原一の花魁篝火。その正体は廓に匿われた尾張家の御落胤・竜之進だった。見返り柳剣が悪を斬る！

鳴神響一　おいらん若君　徳川竜之進
仇花《あだばな》
長編時代小説〈書き下ろし〉

世を蕩けさせる花魁篝火は仮の姿、その正体は尾張家の御落胤、徳川竜之進！　廓を抜け出した竜之進は江戸を騒がす謎の美姫に遭遇する。

鳴神響一　おいらん若君　徳川竜之進
伏魔《ふくま》
長編時代小説〈書き下ろし〉

吉原の名花、花魁篝火——その正体は尾張の御落胤、徳川竜之進！　市中を騒がす謎の医者駕籠と神隠しを探るべく竜之進は自ら囮となる。

鳴神響一　おいらん若君　徳川竜之進
凶嵐
長編時代小説〈書き下ろし〉

尾張御落胤の血を隠し吉原一の花魁として生きる竜之進。剣と美貌で「娘の生き肝を食らう河童」に迫るも、その正体は驚愕の人物だった！

鳴神響一　おいらん若君　徳川竜之進
昇龍
長編時代小説〈書き下ろし〉

花魁に身をやつし追手から逃れてきたご落胤、徳川竜之進が遂に囚われた。甲賀四鬼ら配下の忍びは決死の若君奪還に挑む。緊迫の最終巻！

鳴神響一　エスパーニャのサムライ
天の女王
長編歴史活劇

十七世紀、無敵の帝国エスパーニャにとどまった伊達家のサムライが武士の誇りをかけて巨悪を斬る。とにかく痛快!!　冒険活劇ロマン。

鳴神響一　おんな与力
花房英之介【一】
長編時代小説〈書き下ろし〉

剣は凄腕、才気煥発。江戸中の町娘を虜にする美男与力、花房英之介の正体は「おんな」だった!?　乙女心をひた隠し、凛として悪を討つ！